KB248482

무슨 말 꿍쳐두었니?

초판 1쇄   2011년 3월 16일
지은이   윤금초
펴낸이   김영재
펴낸곳   책만드는집

주소   서울 마포구 합정동 428-49번지 4층 (121-887)
전화   3142-1585·6
팩스   336-8908
전자우편   chaekjip@naver.com
출판등록   1994년 1월 13일 제10-927호
ⓒ 윤금초, 2011

* 이 책의 전부 또는 일부 내용을 재사용하려면 사전에 저작권자와
   책만드는집의 동의를 받아야 합니다.
* 잘못 만들어진 책은 구입하신 서점에서 교환해드립니다.
* 이 시집은 한국문화예술위원회의 창작 지원금을 지원받아 제작하였습니다.

ISBN 978-89-7944-355-4 (04810)
ISBN 978-89-7944-354-7 (세트)

윤금초 시집

책 만 드 는 집
시인선 002

무슨 말 궁쳐 두었니?

책만드는집

어느 소설가의 말마따나 간밤에 내 '귀'는 한 뼘가웃 남짓 자라 있었다. 차분한 아프리카코끼리 귀보다는 조금 작고, 흥분한 인도코끼리 귀보다는 얼마쯤 더 커 보이는 '귀'. 달팽이 눈처럼 숨어버리기 일쑤인 그 '귀'를 통해 나는 세상과 소통의 창문을 열게 되었다. 바람 소리, 수풀 속 풀벌레 소리를 엿듣기도 하고, 이따금 저잣거리 속애俗埃의 발자국 소리를 귀여겨들으며 시마詩魔에 홀리기도 한 것이다.

인간의 뇌리에 가장 오래 각인되는 것이 냄새라고 한다. 냄새란 곧 향기를 말한다. 조금은 굼뜨고 어수룩한 나의 글에도 오래 각인되는 '시향詩香'이 풍겨나기를 바란다는 것은 주제넘는 일인가. 무릇 나무와 사람은 누워봐야 그 크기를 잴 수 있는 것을!

한 뼘가웃 남짓 자라난 내 '귀'가 달팽이 눈처럼 고대 숨어버리거나 잦아들지 말고 줄곧 열려 있기를 바란다.

하지만 몸이 당최 만연체여서 군말이나 부둥켜안고 버르적거리지 않은 건지, 와락 두려움이 앞선다. 달궈진 화덕 속에 뒤집지 않은 전병煎餅처럼 한쪽은 시커멓게 타고, 한쪽은 설익은 채 남는 인간의 이중성. 그렇다. 관행의 늪에, 세속의 늪에 빠져 허우적거리는 나약한 글쓰기는 저만큼 밀쳐두고 21세기 문법과 언어를 길들이며 '뒤집지 않은 전병'의 이중성을 멋있게 극복할 수 있기를 희망하고, 또 희망한다.

― 2011년 2월

윤금초

3부

5부

1부

난전亂廛

무르녹은 아편꽃물 온몸 물집이 생기고

귓불 간지럼 태우는 날벌레 날갯짓 잦다.

코 째는, 아으! 코 째는, 꽃의 난전 이 봄날.

떨켜

쪽잠 든 겨울 산의 각질角質이 들떠 오르고
봄빛 감고 누룩 딛는 그 황홀 가눌 길 없네,
이내 몸 겨드랑이에 열꽃 피는 가려움을.

이승 반 저승 반쯤 산이 졸다 눈뜨는 기미
엿기름물 흥건히 괸 신생新生의 아침을 물고
겨워서 울먹 울먹이다, 숨 고르는 나의 떨켜!

가는 세월

노랑 메조 낱알 헤며 땅에서 하늘까지

한 번도 아니 아니고 백 번씩 채운 뒤에 한 마리 새가
천 년에 낱알 하나씩 물고

세상을 몇백 바퀴씩 휘휘 돌고 돈다고 합니다.

민들레야, 장엄 열반 민들레야

물의 귀는 닳고 닳아 세상 말소리 안 들리고*
꽃 치레 겨루다 접은 깽깽이풀, 애기똥풀꽃
난거지 든부자처럼 째지 않게 봄빛 풀어놓네.

댓잎 바람 시르죽어 이냥저냥 하늘거리네.
돌무지 길섶에 앉아 귀동냥하는 민들레야
흐너진, 갓털 날리는 장엄 열반 민들레야.

* 유강희 시 「중태기」 인용.

꽃의 적멸보궁

삼천 그루 꽃이 어룽져 물경 삼천불三千佛이라니!
아득하여 아름다워라, 꽃멀미 절로 난다.
이생도 물때가 앉으면 메꽃 한 채 피워낼까.

풀벌레 폭폭한 속울음 다 퍼내지 못한 자리
견우화牽牛花 오므린 손이 윤이슬 털다 말다
꽃 덤불 적멸보궁에 덩그러니 차린 궤연几筵.

* 손철주의 「꽃에게 바치는 글」 부분 패러디.

명적 鳴鏑

꿈결엔 듯
소스라치다
자리끼를 드는 순간
삼천 대천 미물들이
돈오돈수頓悟頓修 깨어나고
부르르
우는살 소리,
명치끝을 내리친다.

앉으나 서나
살 떨리는
화통지옥 이생에서
한 시대 과녁을 겨눈
시위 떠난 불의 화살
부르르
우는살 소리,
적멸 천리 문을 친다.

팥배나무 청진기 대기

산에 산이 에워싸어 그늘 저리 쟁인 자리
산의 길은 길 아니다, 들렌 사람 길 아니다,
지치고 배고픈 구름 발걸음 쉬는 여울터다.

이따금 높새바람 폭폭한 속 휘젓다 가고
사노라면 뼈마디가 시큰거리는 숯검정이네.*
귀동냥 헛바람 쐰 낮, 시장기를 에워내고.

길게 혀를 빼어 무는 팥배나무 붉은 잎새
파충류 껍질처럼 살갗 홀연 들떠 오르고
어둠이 낙진을 쓰고 발등 위에 덮인다.

토막 숨 쉬다 말고 말문 지쳐 닫아걸고
그물 무늬 관다발의 가래 끓는 가르랑 소리
누군가, 가슴 찍찍한 이 붕대를 풀어다오.

* 유강희 시 「귀신사 검은 대나무」 한 구절 재구성.

해거름 바다 행전行傳

훌쩍 키를 넘겨버린 늙은 억새 숲 사이로
생살을 드러낸 갯벌, 파도의 문신 새기고
오늘의 마지막 빛이 한 뼘 한 뼘 이울고 있다.

야트막한 물길 짚고 자맥질하는 검은머리물떼새
헹가래 치는 물이랑이, 먼 해조음 실어 나르고
해종일 통성기도하듯 개어귀 조약돌 닦고 있네.

팍팍한 속 다 풀지 못한 푸른 귀의 바닷물
꿈결처럼 생시처럼 바스러지는 물보라에
보란 듯 젖은 무릎을 슬몃 감추는 저녁 바다.

진창

꿀을 찾던 파리 한 마리 화! 벌통을 만났네.

"누가 나를 벌통 속에 들어갈 수 있게 해준다면 한 냥을 주겠소." 길 가던 한 노인이 한 냥 받고 파리를 꿀통에 밀어 넣었네. 주린 파리 벌꿀에 다리가 붙어 두 날개 퍼덕이며 펄쩍펄쩍 날뛰다, 역도산 근력으로 사지를 버둥거리다… "이건 꿀이 아니라 독약이야, 독약이야. 누가 나를 건져준다면 두 냥을 드리겠소."

아무리, 아무리 외쳐도 꿀물 뻘밭은 더 깊어만 갔네.

* 사설시조집 『주몽의 하늘』에 수록한 「꿀물 뻘밭」을 개작.

누이의 달

1

한 사나흘 담홍색 꽃문 열고 닫는 부용꽃이
연잎 초록 우산 받고 모로 누운 서방 못가
까무룩 자부름 털고
선정禪定에 든 와불 같다.*

2

선정에 든 와불 같은 담홍색 그 부용꽃을
샅 속엔 듯 샅 속엔 듯 보듬어온 내 누이가
제대혈臍帶血 몰래 훔치고
맨무릎 보이던 것을.

3

쉰넷 세월 접은 그녀 꽃문 그예 접었다 한다.
개흙의 바다 냄새, 달거리꺼정 그었다 한다.
누이야, 폐경이라니?
부용꽃 달이 지다니!

4

개짐의 바다 냄새 죄 짐 다 벗어나 두고
붉은 상처 아문 길목, 처녀자리 돋은 길목,
거듭난 부용꽃 달이
오늘 문득 신전神殿이다.

* 김선우 시 「완경」 인용 및 부분 패러디.

뜬금없는 소리 2

천둥이 번개 되고 번개가 벼락 되지.

도구통 들여다보면 무거리 같은 귀신, 떡시루 들여다보면 시룻번 같은 귀신, 잔칫상 들여다보면 찰떡 밑에 메떡 같은 귀신, 쓰고 남은 잔돈 부스러기마냥 몽땅 저질이고 시답잖고 폭폭한 속 찍자나 붙는 것뿐, 그런 귀신 모이면 장난판이 난장판 되고 난장판이 야바위판 되지. 산적 떼나 비적 떼나 불한당 떼나 파당 파쟁 패거리 우두머리 다 나와서 차포마상車包馬象 벌여 앉아, 술꾼 춤꾼 계꾼에다 선거꾼 낚시꾼 거간꾼 노름꾼에 개평꾼 난봉꾼 말썽꾼 도굴꾼 사냥꾼에다 빚쟁이 허풍쟁이 화류쟁이 바람잡이 넌덕을 떨고, 개나 걸이나 갯물 민물 없이 함께 후덩거리다 감투거리 빗장거리 낮거리 밴대질도 배우고, 자발없는 철부지 잡도리하드키 재우치고 다그치고 되곱치고 엉너리 치고 능갈치고 둘러방치다

짝! 하니 생장작 패듯 복장 터지는 소리라니.

* 이문구 소설 「내 몸은 너무 오래 서 있거나 걸어왔다」 부분 패러디.

냠냠이 새끼 사슴

저팔계 날랜 몸짓 으르렁, 으르렁댔지.

새끼 사슴 사이에 두고 사자와 곰 죽자 사자 으르렁댔지. 냠냠이 새끼 사슴 눈 감추듯 추심하려 옆구리 쥐어지르고, 앞발질 뒷발질 고눈 발톱 지르고 되지르고, 물고 뜯고 이전투구 갈기 세워 모둠발 구를 때마다 산이 철렁 내려앉고 한 자락 구름도 허물어졌지. 드잡이 격투기로 어찌나 그악스레 대판거리 싸웠는지, 이리 째지고 저리 터지고 어디가 부러졌는지 원, 코끝 벌름 땅을 후비다, 코끝 벌름 흙을 삼키다, 곰이며 사자하며 반송장 맥을 놓고 네 활개 늘어졌지. 지나가던 여우거사 새끼 사슴 가운데 두고 기력 잃은 두 즘생 보고 에끼! 이 미련퉁이 쪼잔한 놈들아. 싸울 땐 싸우더라도 마지막 뒷심 하나, 뒷심 하나쯤 예비해뒀어야지. 여우거사 보란 듯이 냠냠이 새끼 사슴 통째 훔쳐 숨소리도 흉흉한 고샅길 빠져나갔지. 뉘엿거리는 노을빛처럼 기력도 목소리도 기어들어 가는 한 즘생이 말했지.

그러게, 이 꼴이 뭐람! 남 좋은 일 시키려고 이 꼴값 떨었으니.

뜬금없는 소리 3

열은 끝이 있어두 아홉은 끝이 없는 수여.

하늘에서 가장 높은 디는 구민九旻이구, 땅에서 가장 높은 디는 구인九仞이구, 땅에서 가장 짚은 디는 구천九泉이여. 그 뭣이다 넓으나 넓은 하늘은 구만리장천九萬里長天이구, 넓디넓은 땅덩이는 구산팔해九山八海이구, 나라에서 가장 큰 관가는 구중궁궐이구말구. 또 있다니께. 가장 큰 민가는 구십구간이구, 집구석만 컸지 살림살이 째고 쪼들리면 구년지수九年之水이구, 그 땜시 수없이 태운 속은 구곡간장九曲肝腸이구, 수없이 죽다 살았으면 구사일생이구, 그렇게 수없이 넘긴 고비는 구절양장九折羊腸이구, 어찌어찌 셈평이 펴이어 두구두구 먹구살 만치 장만해뒀으면 구년지축九年之蓄이구… 열버덤 많은 수가 아홉인 겨. 아홉은 무한량 무한대 무진장을 가리키는 수가 없는 수니께. 암, 암.

열버덤 열 배는 더 큰 수가 아홉이구말구, 참말루!

* 이문구 소설 「내 몸은 너무 오래 서 있거나 걸어왔다」 패러디.

2부

남천 南天

단풍 물 무르녹은 으능잎도 다 이운 자리

애운한 일 휘파람 부는 휘파람새 불러놓고

남천 빛 저리 물드는가, 저무는 이승 붉어라.

춘투 春鬪

1
겨우내
양지바른 쪽
배돌던 무명씨같이,

갈래머리 여고생의
발화發火하는 입매같이,

울금 빛
궐기蹶起를 한다.
온 산천이 꿈틀댄다.

2
무릎베개 괴어주던
마른 그
억새풀 사이

우리 살의 생땅 냄새
흠 흠 맡는 민들레야.

척 하니,
육탈하는 꽃받침
징 소리로 쏟아진다.

슬픈 틀니

1
몸이 당최 만연체여서
군말이나 섬긴 건지,
분외分外의 접미사를
날것 이냥 부린 건지
이 뭐꼬!
저작이 굼뜨고
잇몸 죄 헐었을라.

2
삼킨 눈물 밥상머리
수사修辭 또한 부식되고
살 비늘 검불같이, 뚝 뚝 지는 조사助辭같이
아하, 저
뼈·꾸·기·처·럼
딸꾹질하는 저녁에.

3
내 혀는, 그의 입속에, 비굴하게 갇혀 있고*
사는 일 죄만 같아
들러붙은 치석인가.
바람 든
잇바디 사이
달칵거리는 틀니.

* 김선우 시 「만약 내 혀가 입속에 갇혀 있길 거부한다면」 일부 차용.

물너울 뒤척이다

가고 옴이 하 싱숭생숭 마른 물풀 바자 두른다.

어느 구름 그 너른 별밭 다 쓸고 갔나. 하늘 기슭 어디에도 쭉정별 하나 보이지 않고 얼레빗 본뜬 듯이 하현달 혼자 건곤을 독차지하네. 구만리장천 두 팔로 재어 가되 어떤 무리는 좌우 줄을 맞춰 장사진長蛇陣 시늉하고, 어떤 무리는 사람 인人 자 그려가며 어린진魚鱗陣 흉내 내고, 어떤 무리는 학익진鶴翼陣 대오 짜고 절반 하늘 타며 원정 가는 저 철새.

짬짬이 달빛을 입고 내 물너울 뒤척이네.

* 이문구 소설 「내 몸은 너무 오래 서 있거나 걸어왔다」 부분 패러디.

꽃, 어질머리

물너울 휘적 건너 번지는 꽃내 훔쳐 맡고

씨방 속 과립꺼정 모르핀에 취하는 한때

천지가 어질머리로다, 꽃내 얼얼 취한 날에.

뜬금없는 소리 4

건 또 무슨 육개장에 보리밥 마는 소린감?

보리밥이 건건이는 더 들더라구. 피차 한 구름으로 갰다 흐렸다 허는 마당에 눈썹 하나 이끗 않구 말휘갑을 치다니. 일어서나 자빠지나 다 제 할 탓인 겨. 이것 집적 저것 집적 덤벙대구, 두메 고뿔이 서울 몸살더러 환약 써라, 탕약 써라 신칙할 일 아닌데도 기름진 소리나 허구. 허우대는 말매미처럼 미끈혀도 버르장머리는 좀나방 다음가는 작자라니께. 말귀는 바늘귀보다 더뎌도 군소리 이삭 줍는 데엔 수가 익어서 금방 뚝배기 끓어 넘치는 소리 물색없이 두런거리구, 새겨들으나 흘려들으나 꼭 소 같은 사람 말눈치 하나는 파발마擺撥馬보다 빠르다니께그려. 암만… 남의 말에 귀 여리면 벼 심은 논도 잽혀 먹는 벱이여. 참 용도 허구 장도 허우. 겉만 두 부모 같지 속은 순 도토리묵이네, 쯧쯧. 꽹과리 밑바닥엔 망치 자국이나 있구, 수숫대도 아래위 마디가 있는 건데 무슨 경오가 그 모양인 겨, 그 모양이. 물에도 뼈가 있다구, 배짱이 땅 두께 같아도 한갓 허텅지거리여.

　넌지시, 뒷짐 지고설랑 시먹은 소리 허들 말게, 허들 말어!

겨울 개울물

이제 더는 맵짠 바람 견디기 버거워서
눈꽃송이 숭어리째 뚝 뚝 꺾여 떨어지고…
떨어져 반짝이는 꽃의, 종소리 맑은 울림이라니.

살얼음 밑 개울물은 나직이 종알거리고
서산 너머 잰걸음 치는 저어새 저 날갯짓
해 설핏 종알거리는, 개울물의 작은 내 입술.

물빛 하루

물너울 붕어 배래기 허옇게 뒤집고 까치놀 놀던 자리

내 이냥 저랬던 게야. 이냥저냥 물에 뜨는 거품처럼 살아온 게야. 따글거리는 가을볕에 물썽한 천성 슬몃 꾸어준 게야. 죄임성 있고 지닐성 있게 잇속 챙길 겨를 없이 붉덩물 빛깔 저녁놀 뒤덮여오면 헌 말로 능갈치는 세상 물기슭 배돌다 서슴거리다 찝찝하고, 껄쩍지근하고, 협협한 팔 저으며 내저으며 물렁팥죽 퉁그러져 눈 도록 꺽진 소리나 지르다 되지르다 이 골짝 저 골짝 물이 물들이 하고 흘러드는 물목 언저리 못나게, 지지리도 못나게 이냥저냥 살아온 게야.

그러면 그렇고말고. 물이 물답지 않게 얼비쳐 오는 날.

* 이문구 소설 「장동리 싸리나무」 부분 패러디.

산은 둥둥 나에게 와서

산은 둥둥 내게 와서 뒤척이는 잔 물굽이, 일렁일렁 나울치는 검푸른 파도 이루었네.

들쭉날쭉 다가오는 등성이며 마루터기, 겹겹이 포개지는 산그리메 불러오고 이따금 포효하는 삼각파도 솟구치네. 살아 천년 죽어 천년 주목나무 키 재기 하고 맹수처럼 드러누운 고사목 구릉 지나 난만한 저 꽃 덤불이라니!

그 산은 나에게 와서 젖은 옷깃 여며주네.

해우소解憂所

둥글납작 부푼 가슴 육덕肉德 좋은 한 아낙이 절집 해
우소 들어갔는데요.

이리 옴쭉 저리 옴쭉 오금 조인 괄약근 풀어놓고 펑퍼
짐한 둔부하며, 미어지게 풍만한 살을 이냥 내맡기고,
애끓고 태우는 속 시정市井 잡일 접어두고 쉿 쉿 쉬이 쉬
를 거두고, 무덕무덕 덤턱스레 볼일 보다가 천야만야 낭
떠러지 영구장천 아득한 저승길 해우소 밑바닥 내려다
보는 순간 아 아악! 기겁하여 토사곽란 몸부림치는 서슬
에 세상 오만 꽃이란 꽃은 화들짝, 화들짝 놀라 오종종
한 입시울이 일시에 벙글어졌는데요,

까르륵 배꼽 잡고 웃다 꽃이 저리 붉어졌대요.

뜬금없는 소리 5

먹잘 것 없는 밴댕이 가시 많은 격이라나.

비지 사러 갔다가도 말휘갑 질편허면 두부 사오는 벱이라구 허기야 허지마는 참말이다, 참말이다 시부렁대는 것일수록 거짓부렁투성이가 세상 풍속 아닌감? 살기가 팍팍허고 각다분허다 보면 염치고 김치고 간에 꼴이 꼴같이 보이질 않구, 책 한 질 율법이 가득했어도 밥 한 주걱 무게만 같지 못혀. 알뜰히 대끼고 쓿은 쌀에도 종종 뉘가 섞이고, 까붐질 야물게 헌 보리쌀에도 간혹 돌이 섞여 지끔거리는 벱이여. … 재주는 점퍼쟁이가 넘구 재미는 양복쟁이가 보는 게여. 우리가 백 년 살아야 삼만 육천오백 일인디, 길은 물음물음 가고 사람은 알음알음 만나는 게여. 암만… 미운 벌레 모로 긴다구, 개살구 지레 터진다구, 보름사리 홍어 같으면야 상허면 상헌 대로, 성허면 성헌 대로 먹기나 허겄지만 이건 원, 이건 원, 워디 삶아서 땟국 안 빠진 것이 대려서 땟물 나던 것 봤남! 어정칠월 개장국에 하루 잔 막걸리 후줏국만큼이나 시금털털해서 원….

익다 만 치자 빛 놀이 설핏허게 비껴가드만.

뜬금없는 소리 6

물도 산도 지친 기색, 요즘처럼 째는 판에

벗고 왔다가 입고 가는 게 사람인디, 그나마 형편이 째서 살로 왔다가 뼈로 가는 기 그처럼 허망헌 것도 읎는 겨. 비단 두른 주검이라구 더디 썩구 베옷 두른 주검이라구 쉬이 썩지 않는다구. 암만… 벼락 치는 하늘도 속일 때가 있다는디 하물며 사색四色 잡것들이야 말허면 뭘 혀. 오사리 잡것이나 늦사리 막것이나 돈 놓고 돈 먹기로 비대발괄허는 판에 되로 받았으면 되로 갚고 말로 받았으면 말로 주는 게 정칙이지. 한 방울 이슬이 무쇳덩이 녹슬게 허구 한 뿌리 산담쟁이 바위에 금을 내는 벱이여. 흰 구두는 새 고무신만 못허구, 흰 고무신은 새 짚세기만 못헌 게야. 바른말이 귀엣말 되다 보면 겉말도 정말로 들리는 게 세상 이친데, 위짝이나 밑짝이나 중쇠만 잘 먹으면 됐지, 오죽 오죽잖고 허릅숭이 두 못 허는 짓이란 말인가. 보라매는 천하 제일가는 매지만 새벽을 맡기는 데는 늙은 장닭만 못허구, 한혈마汗血馬*는 세상

제일가는 말이지만 쥐를 잡는 데는 늙은 고양이만 못허지. 쥐 소금 먹듯 두고두고 갉작거려 마침내 자리가 날 만큼 축낸 것두 읎어. 탕건 쓴 늠이나 패랭이 쓴 늠이나 인격은 같은 겨. 들은 말을 말밥 삼아 어디서 그런 의뭉이 입에 침도 안 바르구 나오는감?

바람의 한숨이나 듣지**, 구새 먹은 소리라나.

* 중국 전한의 장군 이광리가 대완을 치고 얻었다는 명마. 하루 천
  리를 달리고 피 같은 땀을 흘렸다고 함.
** 김선우 시 「할미꽃」 부분 인용.

대흥사 속 빈 느티나무는

하 무더운 한여름 밤 네댓 아낙 놀러 나왔지.

대흥사 피안교彼岸橋 밑 으늑한 개울가의, 말추렴 반
지빠른 마흔 뒷줄 아낙들이 푸우 푸 멱을 감았지. 유선
장 감고 도는 가재 물목 돌팍 위에 웃통이며 속옷이며
훌훌 벗어 던져놓고 멱 감았지, 멱을 감았어. 미어질 듯
풍만한 삶이며 둔부 이리 움찔 저리 움찔, 출렁거리는
앞가슴을 홀라당 드러내고 멱을 감았지. 접시형 젖가슴
에 원뿔꼴 유방하며 반구형 사랑의 종 감긴 달빛 풀어내
고 물장구 첨벙첨벙 멱 감는 아낙네들 곁눈질하던 저 느
티나무, 아니 볼 것 훔쳐다 본 자발없는 관음증 느티나
무. 벌거숭이 여인네들 속살 몰래 보기 송구하여 아으!
타는 가슴 쓸어내리다, 천년토록 쓸어내리다,

횅허니 도둑맞은 드키 속이 저리 비었대.

3부

그해 겨울 칸타빌레

백설기 눈가루가
팔한지옥八寒地獄 얼음 위에
켜켜이 포개져 있다.

빛 부스러기
내려앉은 호숫가에
금비늘 뒤척이고

휘굽은 다복솔 가지
오도송을 외고 있다.

꽃의 변증법 4

— 봄, 어떤 화간和姦

근질근질 가려움증, 온 산이 가려움증이다.

배꼽 밑도 못 가리고 화간하는 시늉이다.

닫혔다, 척 하니 풀리는 금낭화 붉은 성감대.

개오동 그림자

상수리 마른 잎이 석양을 붙잡다 놓아준다.

접때 기러기 몰아온 바람이 여태 수수깡 울에 머물며 가랑잎 줍는 게 오늘 밤도 된서리가 하얗게 필 모양이다. 뜨락 한 그루 개오동 검은 그림자 섬돌을 베개 삼아 밤 깊은 소리 엿듣고, 오동 한두 잎새가 찬이슬 피해 내려 제 발등 덮는다. 저저금 저 살려고 토막 숨 연방 들이쉬며 놔도 한몫 들어도 한몫, 늘리고 보탠 것 없이 흥뚱거린 살림붙이 그냥저냥 떠밀려 오는 하루가 육십 고개 넘어섰다. 가노라고 가다가 지분거리고 저기서 눈 속이고 여기서는 이냥 들켜버린 이승살이. 오온五蘊에 매여 연줄 끊지 못하고, 세상이 날 선 세상인데 풍경인들 여북하겠나?

지금은 목쉰 풍경이 무심히, 무심히 운다.

* 이문구 소설 「가을 소리」 부분 패러디.

무애동霧靄洞 설화

바람이 그예 그렇게 배냇짓하고 있었지요.

가으내 여문 햇빛 말아가며 말아가며 강물이 거대한
구렁이처럼 비늘 번쩍거리다 먼 산모롱이로 꼬리 감추
는, 강원도 무애동霧靄洞에 가면 금선어金仙魚가 나타나
지요. 안개 속을 헤엄쳐 다니는 금선어, 눈부신 광채 띤
금선어는 황금비늘 물고기지요. 소양호 상류로 상류로
거슬러 올라가면 사시장철 물안개에 허리 감춘 산봉우
리 나타나지요. 손에는 안 잡혀도 아슴푸레 입김 같은
안개, 금방 소리 지르며 달려드는 물푸레나무 에워싸는
안개, 물안개 미립자 속을 성큼 걸어 들어가면 무애동이
나타나지요. 안개 속 헤엄쳐 다니는 금선어는 오늘같이
안개 자욱한 날 가끔 무애동 바깥, 세속 도시 바깥나들
이도 하지만 세속 도시 찌든 기척 얼씬거리면 황금비늘
물고기는 이내 죽은 납빛이 돼버리지요.

바람이 그예 그렇게 배냇짓하는 순간에.

* 김승옥 소설 「무진기행」 및 이외수 소설 「황금비늘」 일부 패러디.

은사시 잎새

은사시
지는 잎이
새 떼처럼 날아든다.

가뭇없이
저무는 세월
마른바람 스쳐 오고

때로는
감전된 드키
날개 팽글
추락한다.

아직은 보리누름 아니 오고

아서 아서, 꽃샘잎샘 지나 보리누름 아니 오고

저녁 에울 고구마를 옹솥에 안쳐두고 풋보리 풋바심을 찧고 말려 가루 내어 죽 쑤어 먹을 때까지 산나물 들나물 먹으나 굶으나 쉬지 않고 주전거려도 만날 입이 구쁘고, 발등어리가 천생 두꺼비 등짝 같고, 손도 여물 주걱마냥 컸던 아부지, 울 아부지. 참나무 마들가리 거칠어 보이는 손가락으로 올올이 애정이 무늬진 명주필 사려내고, 목비녀 삐딱하게 꽂힌 솔방울만 한 낭자에선 물렛가락이 뽑아낸 무명실 토리가 희끗거리던 엄마, 울 엄마가 삶아 낸

밀개떡, 그날 그 밀개떡이 달처럼만 오달졌지.

* 이문구 소설 「담배 한 대」와 「백의」 부분 패러디.

뜬금없는 소리 7

어라, 무신 일 났어? 자다가 웬 시러배장단인감?

겨울바람 버릇없고 여름비 염치없다고는 혀도 절기와 이기理氣는 본래 시령時슈이 나란헌 벱인디, 근자엔 하늘도 망령인지 시 각각 때 각각 드리없이 늦고 이르니 원…. 열에 일고여덟이 사철에 두 철은 마실 다니듯 혀온 밭떼기 장수, 한로 상강에서 동지 건너 세안까지 동네마다 휘지르고 다니며 햇곡 자루 몰아가는 되넘기 장수, 보리누름 철 외상을 늘어놓구 입동 어름에 곡식으로 받아 가는 옹기 장수, 경운기 밀어내게 시끄러운 헌털뱅이 오토바이로 안 가는 데 없이 훑으며 닭 오리 토끼 때까우 염소 개 따위를 흥정해다가 음식점에 넘기는 어리장수들인들 절기가 제멋대로 노니께 속 버리고 겉 버린 속내가 오죽허겄어? 암, 암… 송곳도 끝부텀 들어간다구, 큰일도 작게 생각허면 되려 수나로운 벱이어. 못나터지게 생긴 문인석, 오종종 허깨비 같은 무인석, 생기다 만 양마석羊馬石, 생전 시들지 않는 망주석, 일 년 열

두 달 불 켜본 적 없는 등롱석燈籠石이라나 뭐라나…. 권
문세도가도 때 지나면 다 저렇듯 검버섯 바위옷을 걸친
화석이 되어 동남풍에 젖고 서북풍에 얼다 못혀 꼴이 꼴
같지 않게 뒷갈망을 못허는 거구,

　저 별이 수수 천 개래두 반달 하나만큼 밝든감?

신검 神劍

— 팽팽한 긴장감이 대장간 가득히 차오르고 있었다. 신
검이 탄생하는 순간은 동녘 하늘에 순금의 광채만 가득히
어려 있었다. … 순간, 벌겋게 달아 있던 칼이 움찔하고 몸
을 한번 뒤채였다. _ 이외수 소설 「칼」에서

야하압! 날카롭게 바람 가르며 가르며
한 줄기 푸른 섬광 번개처럼 춤추었지.
모조리 내 실핏줄이 자지러지고 자지러졌지.

신검神劍 우는 소리에 싸울아비 고개 들었지.
백 개 칼을 재단하고, 백 개 칼을 부러뜨리고, 한 치
틈도 허용 않는 만 번 담금질했지. 만 덩이 숯 재가 되도
록 풀무질 거푸 했지. 달아오른 칼 빛으로 이글거리는
메질꾼 눈, 살과 뼈 칼 속에 넣고 정신을 정신없이 두드
리면 시간의 샛강 물도 낮과 밤 가로질러 소리 죽여 흘
러갔지.

하늘엔 새털구름 자락 초가을 비질했지.

번뜩! 살기가 섬뜩했지, 작고 날카로운 신검은.

쇠를 칠 때 한 번, 쇠를 식힐 때 한 번, 숫돌에 칼을 갈 때 한 번 피를 먹였지. 야생野生의 빛 번득이는 신검, 초사흘 쟁명한 초승달 날같이 예리한 신검. 부르르 칼이 울었지. 머리맡에 놓아두면 먼 강물 소리 산을 치고, 산을 깨운 산울림이 자명고 우는 드키, 자명고나 우는 드키 한 시대 정수리를 내려찍고…. 불어 날린 터럭도 끊는 취모검吹毛劍이 부르르 떨었지. 뜬구름 자른 칼이 울고, 무지개 가른 칼이 울고 사방에 검기劍氣 퍼져 나뭇잎 스산하게 흔들리고 꽃잎 어지러이 흩날리고, 가난한 자도 일어서고 힘없는 자도 일어섰지.

쨍! 하고, 우는 칼 소리가 이슬방울 퉁겨냈지.

짱짱한, 아이 목소리

실여울 잡았다 놓는 몇 그루 미루나무
강물에 거꾸로 잠긴 긴 머리채 헹궈낸다.
ㅎ ㅎ ㅎ 매복한 바람이 낮은 포복 산을 긴다.

독毒으로 말한다면 이보다 더한 맹독 있을까.
천야만야 고드름 잔등 툭 툭 툭 분질러놓고
이 강산 돌림병 돌듯 꽃물 들이는 봄의 혀.

잎철 먼저 당도하여 축전처럼 술렁거리고
  넌더리 낸 비가 그어 꽃샘잎샘에 슬픈 듯 슬픈 듯 이
따금 날개 접질린 새같이 휴짓조각 높이 솟구쳤다 곤두
박질치고, 요리 밍긋 저리 밍긋 말문 지쳐 뒷짐 진 후엔
만날 입이 구쁜 것인가. 아내는 봄빛 언뜻 스쳐 지나간
듯한 찻맛을 우려내고, 칼칼한 열무장아찌며 노각나물
한 자밤씩 내다 놓고, 비릿한 세상도 뒤집고 뒤집다 보
면 고소로운 깨소금 맛 되는 것을*… 더러는 들풀 사이
봄을 성큼 물고 오는 전서구傳書鳩 같은 저 쇠별꽃!

짱짱한 아이 목소리, 그 꽃 위로 줄달음한다.

* 유강희 시 「참깻대」 인용.
* 이외수 소설 「칼」 부분 패러디.

산은 막막 비어 있었지

비렁뱅이 득시글했지, 옛 중국 아편굴엔

저녁 어스름 속에 티눈 같은 눈발 날리고 있었지. 몰락하는 길섶 한켠 남루의 옷자락 펄럭거리고, 이따금 북극곰처럼 비렁뱅이 몸을 웅크리다 메마른 흙먼지 비질하고 있었지. 이에 저에 문전걸식 주발이며 헝겊 조각, 놋요강이며 가재도구 쇠푼 한 닢 바꿔 먹었지. 사위는 고요했지. 서걱거리는 억새 소리 밟으며 다가오는 썰렁한 죽음의 시간, 산은 막막 비어 있었지. 어둠이 모든 것을 먹어치우고, 허허 들판 먹어치우고, 울근불근 우적우적 동냥밥 먹어치우고, 흐무러진 뼈마디 옹근 살을 먹어치우고, 신갈나무 마른 산을 먹어치우고, 어둠이 어둠을 먹어치워 앞을 보면 막막 산과 텅 빈 하늘뿐. 가슴살 반쯤 가린 늙은 비렁뱅이 철 지난 홑적삼도 어느 아편쟁이가 벗겨 갔지. 햇귀의 순금 화살이 쉴 새 없이 땅 위로 쏟아져 내리고, 한 무더기 잿더미가 풀썩 맥 잃고 무너지듯 비렁뱅이 허물어졌지. 허물어진 비렁뱅이 벌거숭이는 대명천지 이른 아침 찌그러진 동냥 그릇, 귀 닳고 이 빠진 양은 식기로 푸르딩딩 시르죽은 거시기만, 거시기만 겨우 가린 채 누워 있었지. 어디선가 느닷없이 달려 나온 젊은 비렁뱅이 거시기 가린 양은 밥그릇 냅다 벗겨 달아나다, 삼십육계 줄행랑치다 일순 토끼눈 하고 서서 앗, 아부지!

그 아비 쭈그렁 불알만 하늘다랗게 달랑달랑⋯.

뜬금없는 소리 8

구만허구,
그 뭣이여. 이쁜이게,
그거나 좀 일러봐.

이르나 마나, 이쁜이를 이쁘게 수술허자면 목돈이 드
니께 아낙들은 계를 허구, 계를 타면 수술을 헌다 이거
라. 수술이나 마나, 집이는 병원에서 애를 낳았으니께
상관없을 겨. 병원서 낳으면 그 자리에서 츠녀 때처럼
좁으장허게 꼬매주거던. 그런디 우리는 워디 그려? 두
애구 시 애구, 애마두 집에서 낳았으니 이쁜이가 헐렁이
다 되었지…. 헐렁해진 이쁜이를 오리 주둥이 같은 걸루
다 떡 벌여놓구 양말 짝 뒤집듯 홀랑 뒤집어설랑 좁으장
허게 꼬매는 겨. 아따 제미, 시물니물 묵은 홍어 밑구녕
두 식초 한 방울 떨어뜨리면 오동보동해지듯이. 워째서
암말 읎어? 툭허면 나가 자구 온다구 바깥양반 구박헐
일이 아니라니께 그러네. 그 뭣이다, 이쁜이게가 산도産
道를 초산 전 생김새대로 돌이켜주는 봉합 수술 계여.

어떤감?
이녁도 술깃허는 겨?
가자미눈 뜨는 것이.

뜬금없는 소리 9

비오동 껍질 같은감?
주제꼴이 후줄근허니께.

　화투 치다 말구 장기판 벌이고 있네…. 도싯늠 열이
촌 엿장수 하나만 못혀. 엿장수는 흔것 두어 가지 가져
가면 한 가지래두 새걸 주지만, 도싯늠덜은 새걸 가져
가두 말짱 거저더라 이 얘기여. 그런디 뭣이여? 논농사
지을 만허라구 참새를 잡아주어? 워너니 그렇겄다. 사
정 봐주다 갈보 되는 겨. 슥 달 늑 달 장마에두 물에 안
빠져 죽구, 이태 삼태 숭년에두 굶지 않는 게 참샌디,
집이 총 몇 방 놔준다구 참새가 죽나겄구먼? 말을 혀두
꼭 두엄 더미에서 고리삭은 소리만 입에 바르구, 뒤통수
에 학문이 들었나, 이마빼기에 상식이 묻었나? 수치가
싫으면 염치라도 가져보라 이 말이여, 내 말은. 암만…
으른 말 잘 들으면 자다가두 떡 은어먹는 벱인디, 배운
사람덜이 워째 내 주장만 있구 바깥귀는 읎는 겨? 촌 인
심을 뉘라 이리 베려놨간디! 야속해헐 것 읎어.

드러워.
내 이래 봬두 하늘 하나 믿구 산다, 왜?

칠금령* 흔드는 새

물물이 밀려간다, 가늘고 여린 물풀
온몸 간지럼 태운 수천 개 햇귀의 비늘
유혹의 물너울 타고 저 날빛 키질하는가.

굼닐던 솔바람 풀려 한껏 핀 구름장을
강 건너 언덕 너머 바지런히 여나르고
그 참에 이름 모를 새가 칠금령을 흔든다.

천뢰天籟의 요정 숨어 사는 깊으나 깊은 숲 속
쌀 일다 흘린 싸라기처럼 하얀 풀꽃 하늘거리고
풀무치 졸보기안경 끼고 요모조모 세상 되작인다.

* 무당이 굿할 때 손에 들고 흔드는 방울.
* 이외수 소설 「들개」 부분 패러디.

70

4부

으악!

산자락 괴고 숨 고를 때
매봉산이 기우뚱하네.

깨복쟁이* 저 지렁이
온몸 ∞∞ 뒤척이네.

갈 길 먼
내 이생을 감고
∞∞ 뛰네,
으아악!

* '발가벗은 사람'의 전라도 탯말.

간찰簡札

작자 미상 옛 사인士人의 간찰 한 장 마주한다.
물 흐르듯 꿈틀거리듯 숨 쉬는 반흘림 수적手迹
먼 왕조 흉흉한 물결이 옥판지에 배어 있다.

칼을 물고 누웠던가, 어둠 그 먹피를 입고
지는 꽃 뒷등처럼이나 적막한 글발 위에
한 시대 협기가 어려 섬뜩섬뜩 다가온다.

먹물도 세월밥 들면 누룽지가 앉는 건지
귀 닳은 화선지의 삭은 결이 들떠 오르고…
더러는 천 년 사직이 쩍쩍 그만 균열 졌을까.

물살 드높던 소용돌이 손 짚어 더듬는다.
살 떨리는 어질머리, 헛헛한 변방의 시간을
궐문 밖 멈칫 멈칫거리다 떠나가는 증언 같은.

무슨 말 꿍쳐두었니?

산은 그예 묵상에 잠겨 뿌연 안개 걷어낸다.
다리품 그리 팔고 가풀막 오른 질경이야
누군들, 겨울에 언 빵을 씹어보지 않았을까.*

잔 강물 물비늘이 반짝인다, 은어 떼로
가진 것 다 내주고 넉넉한 잎새 질경이야,
무슨 말 꿍쳐두었니? 눈빛 형형한 질경이야.

마른 풀 나지막이 숨죽여 서걱거린다.
어지러워 어지러워라, 쓸쓸한 세상 뒤꼍에
강물이 먹구렁이처럼 먼 산모롱이 굴려 간다.

* 이외수 소설 「칼」에서 인용.

말

1

까치 뱃바닥 같은 소리 줄창 허덜들 말어.

누군들 주둥아리 읎어 호박씨 못 까나. 세상이 하도나 머흔 세상이라 주뎅이 재갈 물려놓구 이냥저냥 사는 게지. 가랫줄허구 통치마는 쩍 벌릴수록 좋다 카드만, 보리밥 먹구 쌀방구 꾸듯 조선 밥 먹구 서양 똥 싸듯 희떠운 소리 퉁명부리는 시러베 농투성인 어딜 갔남? 이리 왈 저리 왈 턱짓허다 흰죽사발 흘기눈 뜨구 떠름헌 낯 거두지 않구 엇먹는 소리 뒷동이나 달구 흥뚱거리는 쭉정이처럼 어푸러지게 잘해주구 올 적 갈 적 숭물 떠는 툽상스런 꼬라지허며, 내동 딴전 보다 일이란 일 다 뻐그려놓구 찍자 붙는 꼬라지허며, 낚싯바늘 꼬부라진 소리 시시비비 씩둑거려쌓네.

왜 그리 입술이 얇은지, 입방정도 자발읎이.

2

낙엽은 가을바람 탓허지 않는 벱이여.

눈 뜬 채 자는 물고기는 잡어가 아니라 카드만. 구부러진 소낭구가 선산 지킨다 안 카든가. 젠장, 고름은 살이 되지 않는 벱이여. 참방게와 똥방게도 구별 못 허는 세상 앙이가. 메뚜기 계螽, 땅강아지 곡螽, 그리마 구蛷, 사마귀 당螗, 쓰르라미 료蟟, 말매미 면蜹, 며루 명螟, 하루살이 몽蠓, 새우 미蝛, 풀쐐기 사蜇, 귀뚜라미 실蟋, 가재 오螯, 왕개미 의螘, 쥐며느리 이蛜, 벼룩 촉蠋, 풍뎅이 황蟥 같은 다족류多足類 곤충처럼 머릿속에 말 다리 득실거리구, 말갈기 곤두세운 발굽 소리 하염없이 꼼지락거리구. 아닌 척, 거룩한 척, 잘난 척, 조신한 척, 척 척 척 말 돌림 벌레 씹는 소리 소리마다 의뭉 떨구 둘러방치구 되알지게 대꾸허다 심보가 죄 우그러져, 우그러져

말발이 뻐세지구말구, 퉤 퉤 퉤 비참지경 앙이가?

상처

우린 때로 슬픈 오월 해어화解語花 같다가도
윗목에 사려 앉은 이층장 같다가도
토라져 트집 부리는 먹감나무 같기도 하지.

삭을 대로 삭지 않은 변덕 잦은 개옻나무,
굽은 등 톱날로 켜고 볕살 실어 건사해도
겉살이 터진 귀목은 초다듬을 마다 않지.

스쳐 지나는 바람도 휘어지고 꺾이는 것을
불도장 이마하며, 백회혈百會穴 상흔 아물지 않고
죽었다 도로 살아도 옹이 진 상흔 아물지 않지.

가을 시마_{詩魔}

각을 뜨고
살을 바르는
번제의 시간인가?

활활 타는 불 지짐의
끝물 단풍
제단 같은,

이 지상
슬픈 목록을
다 사르는
연기 같은.

이순의 산

따귀 빼고 아귀 빼고 바를 게 더는 없는 이생인가, 이
생인가.

어둠의 시간은 짧고 빛의 시간은 길다. 평생토록 품어
안을 산이 내게 있었을까? 이순耳順을 접고 나면 귀신
화상도 뵌다는데 둘러봐도 안개 깊은 비루 오른 세간에
서 그것참, 그것참, 하루를 천 년처럼 가다 앉아 보리 싹
만나 숨결 소리 짚어보고, 가다 앉아 삘기꽃 만나 필담
筆談을 나누고 싶은 하늘색 일요일엔 한 조각 꽃잎 져도
봄빛 스릇 줄어든다.* 줄어드는 봄빛일랑 물고 뜯는 바
람의 잇자국을, 그 바람 잇자국의 팍팍한 속울음도 못다
퍼낸 앉은뱅이꽃 무릎베개 괴어주는,

어느덧 나이 든 산이 오늘 저리 돌올하다.

* 두보 시 차용.

뜬금없는 소리 10

이녁은 가끔 헛바늘 슨 디다 통고추 쩌개 붙이는 소리만 퉁퉁 허더라.

뭣이나 마나, 그것두 아닌 게네. 워떤 이는 마름버덤 연밥이 낫다구두 허구, 워떤 이는 생선 내장이 구만이라구두 허데만, 하여거나 수캐 가운뎃다리만 비싸서 못 해 봤지 웬만헌 건 죄 장복을 시켜봤는디두 원제 그랬더냐 허구 그냥 가물치 콧구녕이라. 알게 모르게 비암은 또 얼마나 잡으러 댕겼간디. 비암이나 마나 무슨 효과가 있구서 말이지. 누구네 압씨는 비암 마리나 먹구부텀 우뚝우뚝헌다는디, 그이는 두말허면 각설이지. 닳아지구 대껴진 것두 다른 건 다 그런개비다 혀두, 빙충맞은 홍어 거시기처럼 고개 숙여 축 늘어지구, 풀 꺾여 시르죽구, 히마리 읎이 흐늘흐늘 늘어진 꼬락서니라니⋯. 네미랄, 부르튼 소리도 남우세스러워서 원.

그 숙맥 가물치 콧구녕을 쓰긴 워디다 쓴다나?

비양도[1] 물길

내 나라 바닷속엔 요술 할망 숨어 있는 갑다.
개흙 묻은 손 잠그면 쪽물 이내 우러날 듯
뭍에서 멀어질수록 깊어지는 비양도 물빛.

갓물질[2] 테왁[3] 너머 숨비소리, 호오이 소리
까까머리 동자승인가, 볼록 솟은 그 오름의
바람은 긴긴 시간을 바당[4] 삼킨 섬을 짓는다.

정게호미[5] 거머쥐고, 빗창[6] 들어 눈 겨누고
'아방 어망 고기나 줍지, 열 길 물속 죽어 쓰겠니'[7]
이여사, 이여, 이여사.[8] 뱃물질[9]도 숨 겨운데.

오몽헤질 때까정 기영 살아, 살아야 한다.[10]
한바다 일군 해녀들 거기 그렇게 몸 뉘이고
물미는 신생의 아침을 살아야주, 살아야주.

1) 제주 우도 동쪽 끝에 자리해 있는 작은 섬.
2) 해녀들이 바다에서 물질하는 일.
3) 해녀들이 물질할 때 바다 위에 띄워놓는 뒤웅박.
4) '바다'의 제주도 말.
5) 해조류를 베는 기구.
6) 전복 등을 캐는 길쭉한 쇠붙이.
7) 제주 민요의 한 대목. '아방 어망'은 '아버지 어머니'.
8) 뱃노래의 후렴.
9) 해녀 열댓 명이 배를 타고 나가 물질하는 일.
10) 제주 방언. '움직일 수 있을 때까지 그렇게 살아야 한다'라는 뜻.

서울쥐와 시골쥐

문득 오늘 이솝*이 와 한 됫박 우화寓話를 부려놨지.

　서울쥐 찾아온 시골쥐는 난생처음 벌꿀 건포도 빵 치즈를 먹게 되었지. 논두렁 밭두렁을 더트며 두루 더트며 보리 이삭 벼 이삭 줍고, 물갈이 마른갈이 주린 배 움켜쥐던 시골쥐는 너무너무 황홀하여 운을 뗐지. 자네는 대통령 부럽지 않게 지내네그려. 이런 맛깔스런 식탁은 내가 먹는 건건이와 비교도 아니 되네. 후유 한숨 내쉬는 순간 드르륵 미닫이문 열리고 개숫물 쏟아지고, 밀감 빛 식은 햇살이 담벼락 기웃거리고, 갑자기 고양이 습격받은 두 쥐는 맛 좋은 성찬 버리고 줄행랑칠 수밖에, 우르릉 벼락불 튀듯 줄행랑칠 수밖에. 억장 무너진 가슴 쓸어내린 두 쥐는 장 하는 너름새로 무화과 마른 열매며, 또 무슨 초 친 맛인지 입을 다시는 순간 이내 달려온 고양이에게 쫓겨야만 했지. 맛 좋은 음식 먹다가는 쫓기고, 먹다가는 쫓겨야 하는 서울쥐와 시골쥐. 한숨 후유 내쉰 시골쥐는 이것 보게, 나는 시골로 가겠네. 기름진 음식을 속 휘지게 쫓기면서 먹기보다 맛은 없어도, 어석버석 맛은 없어도 흘깃흘깃 곁눈질 아니 하고 밀보리 건건이 한 끼 허리띠 풀어놓고 먹을 수 있는, 귀빠진 시골집으로 되돌아가겠네.

오금에 비파를 타는, 시골쥐 불알 짤랑짤랑!

* 그리스의 우화 작가. 그의 작품 가운데 「읍내 쥐와 시골 쥐」가 있다.

슈퍼맨, 코모도왕도마뱀 으쓱한 얼굴로

살얼음 균열 지듯 살짝, 엷은 웃음 번진다.

붉덩물 휩쓸고 간 아프간 황무지인가, 머릿속이 썰렁
하다. 롤렉스 시계 파워 알람 원폭만큼 강렬해서 썰렁한
머릿속에 뜨거운 방사능 낙진 떨어진다. 작살 꽂힌 열대
어마냥 파드닥 깨어나고, 파드닥 깨자마자 신경초神經草
말엽末葉 같은 촉각이 곤두선다. 전자레인지 배기구를
빠져나온 햄버거 향 뇌의 적도 부근에 몰려든다. 게으른
지구의 자전自轉, 볕은 때로 핼리혜성만큼 위험하여 직
사直射라도 쐬게 되면 거대 운석 구덩이 눈자위에 팰지
몰라. 휘유우 한숨 섞인 바람 소리 귓가에 맴돌고 검고
누추한 어둠 비웃듯 붉은 망토 펄럭이며 펄럭이며 허공
위를 떠도는 자. 이런 맙소사, 비데 사용법도 모르면서!
코모도왕도마뱀 으쓱한 얼굴처럼, 오글오글 아등바등
결고틀고 물고 뜯는 장삼이사 세월없이 모여 앉아 말았
던 몸 도로 펴고 숨 고르는 쥐며느리처럼, 그렇게 서서
히 고개 뽑아 올린 슈퍼맨 쉰 목소리 부메랑 되어 날아

온다. 명심하렴, 썩은 사과 한 개가 사과 상자 전체를 상
하게 만든단다. 푸·하·하… 세계는 거대한 사과 상자,
원자 펀치 테러 공포 느닷없이 엄습하고 스파게티 면발
처럼 굵고 맵짠 눈물 쏟아진다.

말도 마. 우린 차츰 저뭇하고, 지구는 오래 숨 쉬겠지?

* 박민규 소설 「지구영웅전설」 패러디.

뜬금없는 소리 11

난전 엿장수 광대뼈 비어지듯 초싹대구 나서기는….

　가물면 벌레가 속 끓이구, 비 오면 곰팡이가 속 썩여 두 콩새 앉은 자리에 왜 촉새가 나서는 겨. 물꼬받이 올챙이가 봇물에 논다구 두꺼비 되는감? 나, 이 사람 말에 김장허구 저 사람 말에 메주 쑤는 사람 아녀. 누가 뭐라구 씩둑거려두 두루춘풍 기분 쓰는 사람이여. 그 숙맥 같은 소리 허덜 말어. 이런 디서 농투성이로 살어두 짐작이 천 리구 생각이 두 바퀴나 되는디, 그게 무슨 노리개나 된다구 씩둑꺽둑 허매, 마른 확에 서리태 쭉쩡이 빻는 소리나 농헌다나. 아서, 아서 아무리 으른 아이 따루 읎이 막가는 시속時俗이라지만 그러는 게 아녀. 나두 들을 말 있구 안 들을 말 있는디, 잔나비맹키 으른 앉혀 놓구 반 토막짜리 농담이나 예서 찔끔 제서 찔끔…. 깨소금 단지 엎지른 시앗처럼 사내들이 워째 그리 자디잘다냐? 세상두 엎어졌다 잦혀졌다 허는디 우리네라구 뒤집어졌다 일어스지 말라는 벱 워디 맹글어났간디.

그러매 내가 장 뭐래여. 개나 걸이나 덤벙대지 말라구!

능소야, 능소

속울음
붉디붉게 퍼 올리는
능소凌霄야,
능소

애닳게 잉잉거리는
호박벌
늦은 젖 물리고

세상에!
눈먼 돌부처를
툭, 툭
깨운
저 능소야.

5부

봄 먼저 당도하어

하늘로 뻗는 낙엽송, 펜화처럼 앙상하다.
침잠하는 풍경 위로 맥없이 날아올랐다가
꽁지깃 털린 새같이 곤두박이는 파지 조각.

짐승처럼 몰려왔다 몰려가는 저 파도 떼
허옇게 몰려와서는 까르륵 합창을 하다
내 구두 뒤축을 물고 엎어져 실신한다.

인주 묻은 손가락 눌러 피워 올린 검붉은 꽃잎
봄 먼저 당도하어 여기저기 복사꽃 물들이고
내도록 홀로 서성이자 마른번개 천지를 물어뜯네.

* 이외수 창작집 『장수하늘소』 부분 패러디.

혀의 속살

　　― 남의 말 하기를 좋아하는 자의 말은 별식과 같아서 뱃
속 깊은 데로 내려가느니라. _ 잠언 26 : 22

입시울 절로 벙그는
말말이 재갈 물리고

세 치 혀
취모검吹毛劍을
능히 길들일 뉘가 없소?

더러는
불구덩이 먹은
화통지옥 이 하루에.

독살 머금은 어금니

박하 향이나 두른 듯이

골 깊은 그 혀 속에
매 발톱 날름 감추는,

네미랄
살 비린 이 한나절
죽고 사는 게 저의 권세라!

매자나무, 붉게 타오르는

튀밥처럼
몽실한 꽃이
팔짱 끼고 일렁이다

촘촘한 가시 사이
우수수
잔물결 흐너지고

점점이 붉게 타오르는
매자나무
슬픈,
뒷등.

손에 쥐면 바스락하고
이내 말라 버릴 것 같은

보란 듯이
판화 한 장
찍어내는
단풍잎 우수憂愁

예순의,
예순 중반 산그늘의,
선뜩!
이마
적시는.

강 보메 예서 살지

민물 짠물 나들목에 그예 그리 사는 게지.

뭐 하고 살긴 살아, 강 보메 예서 살지. 우린 아직 강을 몰라, 힘겨워도 내색 않는 그 강을 아직 몰라. 주는 대로 받고 살 수밖에. 어느 몇몇 애비 없는 후레자식들이 달려들어 퍼낸다고 마를 강물인감?[1] 실개천이 보태주는 뒷심 모아 예까지 흘러온 게지. 민물 반 짜븐 물 반 섬진강 하구 모래톱에 버글대는 갱조개[2], 눈물샘 툭 툭 건드리는 거랭[3]으로 하모, 하모, 강바닥 쓰윽 훑어내면 갱조개가 깨알맹키 쏟아졌제. 요샌 옛날 같지 않어, 갱조개가 통 읎어. 눈만 번하면 중국산이 억수로 굴러댕기는데, 중국산 재첩 주면 강아지도 고개를 이냥 돌려버려. 그나저나 어쩌겠어. 폭폭한 세월 다독이며, 다독이며 그러구러 꾸역꾸역 사는 게지.

사는 기 뭐 별거 있간디. 그예 그리 사는 게지.

1) 섬진강 시인 김용택의 시구 인용.
2) '재첩'의 하동 지방 탯말.
3) 대막대기에다 갈퀴를 단 것처럼 생긴 것으로 강바닥을 훑어 재첩
   을 채취하는 기구.
* 강신재의 「섬진강 재첩마을 이야기」 일부 패러디.

어둑새벽 안개 바다

1

칭칭 몸에 휘감기는 찍찍한 그 붕대 같은,
절름발이 잰걸음 치는 무거운 미망의 시간
푸른빛 새벽을 겁탈한 짙은 안개 알갱이로.

2

물이 쌓여 깊이를 얻듯 한 뼘씩 자라난 그늘
허위허위 팔 저어도 멀미 나는 긴 개어귀에,
이따금 젖은 제 무릎 반쯤 감추는 모래톱에.

3

포르말린 분말인가? 검은 해안 에워싸고
울컥울컥 물미는 파도, 천 리 밖 수평선 앞에
선 채로 동살을 맞는 참 충직한 집사마냥.

4

날개 접질린 새처럼 솟구쳤다 곤두박인 물보라

똑 똑 여문 싸라기 꽃을 하얗게 흩뿌려 놓고
슬픈 듯, 못내 슬픈 듯 철총마 우는 해조음을.

백련꽃 사설

얕은 바람에도 연잎은 코끼리 귀 펄럭이제.

연화차 자셔보셨소? 요걸 보믄 참 기가 맥혀. 너른 접시에 연꽃이 쫙 펴 있제. 마실 땐 씨방에 뜨거운 물 자꾸 끼얹는 거여. 초파일 절에 가서 불상에 물 끼얹대끼. 하나 시켜놓고 열 명도 마시고 그래, 그 향이 엄청나니께. 본디 홍련허구는 거시기가 달라도 워느니 달러. 백련 잎은 묵어도 홍련 잎은 못 묵거든. 연근은 둘 다 묵지마는 맛이 영판 틀러. 떫고 단면이 눌눌한 것이 홍련이제. 백련 뿌리는 사각사각하고 단면도 하얘.

백련은, 진창에 발 묻고설랑 학의 날갤 펼치제.

* 강신재의 「우리 마을 이야기(전남 무안군 일로읍 복룡 백련마을)」 패러디.

디오게네스* 소라게

집 한 채 없이 세 든 사유의 빈 소라 껍질
등 뒤가 헛헛하여 긴 해안선 둘러나 놓고
우 우 우 바다가 우는 해조음을 되질한다.

귀 막고 쭈그려 앉은 명지바람 다독인다.
물색 짙은 청색 쉼표 보란 듯 터억 찍고
물방울 톡 톡 튕기는 집게발의 눈부신 반란.

상처 더러 모신 눈은 불을 껐다 도로 켠다.
쑥돌 같은 저 파도를 뱉다 말고, 뱉다 말고
물 비린 물고기자리를 물큰하게 더듬는다.

삶의 격절과 단층**은 어디엔들 있나 보다.
행간을 넘나드는 왼갖 수사修辭 내려두고
이따금 하늘 창 낸다, 널이 아닌 셋집에서.

* 고대 그리스 철학자. 통을 집으로 삼고 극히 무욕적인 생활을 영위
  했음.
** 송찬호 시 「토란잎」 인용.

흔들리는 시먹[1]

취기가 무르익어야 비로소 붓을 들었지.

본디 근본을 알 수 없는 호생관 최북崔北[2]은 애꾸눈 환쟁이였어. 북北 자를 파자破字하여 칠칠七七이란 여벌 이름 더 잘 알려진 그는 껄·쩍·지·근 괴팍한 성미에 술 아끼는 고주배기였어. 날이면 날마다 대엿 되를 들이부었고, 어느 날 술김에 그림을 그리는데 붓끝 시먹이 오락가락 얼비치고 겹겹으로 가물거리는 게야. 기연가미연가 이생 물빛이 당최 가물거리는 게야. 한쪽 눈 지긋 감고 외눈으로 다시 보자 그제야 한 가닥 시먹이 뚜렷하게 뵈는 게야. 아하, 그림 그리는 데는 구태여 두 눈이 필요 없고 오히려 거추장스러운 게 아닌가? 이에 서슴없이 붓대로 한쪽 눈을 찌른 게야. 암, 암… 허옇게 말아 올린 눈이 아닌, 흔들리는 반쪽 이생을 냅다 찌른 게야 (그 뭣이다 찔린 눈은 숯덩이처럼 멀어버렸지). 한평생 애꾸눈 환쟁이로, 미치광이 환쟁이로 업신여김 받았으나 함, 부, 로, 최산수崔山水[3]를 내돌리기 꺼렸으므로

엽자금葉子金[4] 바리로 준대도 어림없는 소리였지.

1) 먹으로 가는 획을 그어 두 가지 계선(界線)을 표시하는 줄.
2) 조선 영조 때의 화가. 호는 호생관(毫生館), 거기재(居其齋), 삼기
   재(三奇齋), 성재(星齋) 등.
3) 최북은 특히 산수화에 뛰어나 그를 보통 '최산수'라 불렀음.
4) 가장 순도가 높은 금. 얇게 불려 잎사귀 모양으로 만든 십품금.
* 이문구 소설 「산 너머 남촌」 패러디.

토란잎 물방울 마을의 아침

코끼리 귀 펄럭이는
곱게 늙은 토란잎은
젖은 제 무릎 감추려고
터억, 그리 넓은 것인데
또르르
전복된 물방울이
우주 한끝 굴린 것인데….

가다 앉아 하늘빛 품고
가다 앉아 속시름 덜고
이따금 천둥 번개에,
소름 돋는 몸서리에
또르르
힘겨운 물방울이
온몸 흔들 경련한다.

세상 한껏 치장하는

앵무새의 혀,
사자의 갈기도
이윽히 접고 난 뒤엔
한낱 삶의 가면인가?*
또르르
천수千手의 물방울이
토란잎 젖 물린다.

쓰르라미의 시

온몸 달군 소릿결이 진득허니 고여서는
잇꽃 빛 진채眞彩 물감 물큰하게 풀어낸다,
쓰르람 울음이 타는 저 풀잎 끝 난간에.

목젖 부은 내 하루는 접두사도 접어나 둘까.
비루먹은 세간에서 시마詩魔 그도 허기진 날
쓰르람 울음이 타는 어릿광대 몸짓같이.

뜬금없는 소리 12

가렵다는 사람헌티 간지럼 치러 들어?

　가방끈 짧은 사람두 아닌 허우대 허구선 그런 귀꿈맞은 소릴 헌다나? 여북 째구 쪼달리면 볼가심시킨 것조차 아까바서 혼자 소가지 부리겄남. 돈이 인물을 가꿔주는 겨. 방구깨나 뀌는 늠은 동네를 휘지르구 다니구, 워떤 늠은 얼어 죽구, 워떤 늠은 데여 죽는 겨? 구름 많으면 해가 멀어 뵈는 볍이여. 십 원 이십 원 가지구두 바르르 떠는 우거지 시래기두 게 다 뫼여 있구, 장태 갯것전 초물전 어리전 기웃대다 하품허는 육백수 칠건달두 게 다 뫼여 있던디. 물 나는 아궁이 불 때줬으면 구만이지 무슨 상소리여, 상소리가. 웅뎅이에 빠진 달 뉘라 동서를 구별헌다나. 모기 상여 메는 소리 허덜 말어. 암만… 안주가 무슨 필요 있간디. 별똥 하나에 한 잔, 구름 한 뎅이에 한 잔, 그게 바로 풍류 아닌감!

　밴댕이 창새기만 헌 소갈머리두 읆어가지구.

뜬금없는 소리 13

넘의 짐작 팔십 리가 내 가늠 칠십 리여.

비 때 비 주구 눈 때 눈을 주는 하늘두 우리를 안 쇡이구, 쌀 때 쌀 주구 보리 때 보리를 주는 땅두 우리를 안 쇡이는디, 하물며 사람 것들이 우리를 쇡여? 여러 말 허면 지 입만 베리겠구. 가무죽죽헌 상판이 코쭝배기에 제비 똥 떨어진 늠처럼 잔뜩 으등그러지구 지르숙은 게 팔모루 봐두 오종종헌 싸가지드라 이 말이여, 내 말은. 말이 싸면 입이래두 애껴야지. 건넌방에 사돈 두구 감투거리허다 빗장거리루 도는 소리마냥, 같은 말을 혀두 저리 에둘러서 비사쳐 말허면 그게 워디가 얼마나 다른감. 가는 구름에 비 맞은 장단 있구 오는 구름에 서리 맞을 가랑두 못 허면 그것두 생물이여? 병든 소리개 죽으니께 대신 까끄매 날치는 꼴이라니. 오나가나 갑갑헌 사람 깜깜헌 소리 줄창 허들 말구,

그냥 그 아닌 보살허구 물러앉아 있을 거?

뜬금없는 소리 14

빈말이래두 그런 입찬소리 허덜 말게, 허덜 말어.

투가리 십 년 묵었대두 새루 나온 사기대접만 허간? 귀꿈맞게 장독 보구 술독 타령 구만 좀 씨월거려, 우수에 장독 터지는 벱이여. 그런 쌀값두 안 되구, 보릿값두 어림읎는 소리는 허덜 말어. 내외간에두 민법 형법이 가로놓인 시대여. 냄이사 영계를 꾀건 애인을 팔건 그게 부가가치세를 무는 거여, 방위세를 축낸 거여? 하늘은 잔뜩 울어 어느 바람기에 한줄금 쏟아질지 대중이 안 가는디. 질갱이 소리쟁이 씀바귀 앉은뱅이 방아풀이 지천으루 깔렸어두 매양 기가 차고 먹이 꽉 차구, 허기진 기 세상 이치다 이거여. 암만… 이미룩저미룩허다 종주먹 들이대구 두 눈을 모들뜨며 냄의 탓 헐 일두 아니더라구. 초동 볕 사흘이 늦가을 하루 볕만 허간디?

벌겋게 삼선 눈으루 말맥 그리 되짚지 말라구.

* 「뜬금없는 소리」 4~14는 이문구 소설 「우리 동네」 및 「산 너머 남촌」 패러디.

섬세한 언어적 자의식과
첨예한 양식적 실천
– 윤금초론

유성호 **문학평론가·한양대 교수**

1. 윤금초 시학의 두 축

윤금초 시인이 새로 펴내는 시집 『무슨 말 꿍쳐두었니?』
는, 우리 정형시의 역사를 통틀어 가장 구체적이고 생동감
있는 '구어口語의 장場'으로 기록될 만한 성취라고 생각된다.
오랜 시력詩歷에 눌어붙어 있을 법한 안일하고도 관습적인
표현이 윤금초 신작에는 없다. 그리고 그는 시조가 오래되고
관행적인 시상詩想을 담는다는 시조 시단 바깥의 편견을 깨
끗하게 불식한다. 오히려 그는 더욱 새롭게 토박이말과 방언
을 미학적으로 끌어올림으로써, 자신의 시가 사라져가는 기

층언어를 기억하고 각인하는 기록적 보고寶庫임을 선명하고
도 지속적으로 보여주고 있다.

크게 보아 이번 시집에 드러난 윤금초 시학의 축은 두 가
지다. 하나의 축은 그의 치열하고도 웅숭깊은 언어적 자의식
에 있다. 우리 역사에서 근대 언어는, 다양한 음성 자질을 지
닌 기층언어가 획일적인 국가 언어로 수렴되어가는 일방적
과정을 밟아왔다. 이러한 언어의 표준화에 대한 저항의 일환
으로 윤금초 시인은 다양하게 살아 있는 구어들을 적극적으
로 살려낸다. 윤금초 시학의 근원적인 에너지가 언어의 구체
성과 다양성 그리고 구어적 소통 가능성을 궁구하고 실현하
는 자의식에서 찾아지는 까닭이 바로 여기에 있다.

다른 하나의 축은 선행 텍스트와의 활달한 접속을 통한
인용과 변형에 있다. 언필칭 윤금초식式의 새로운 '패러디
시학'이라 부를 만한 것인데, 이 점 또한 우리 현대시조의 뚜
렷한 개성 가운데 하나일 것이다. 윤금초 시인은 자신의 언
어를 직접 창조적 기원으로 삼지 않고, 선행 텍스트들과의
적극적 교섭을 통해 새로운 형상과 언어를 파생시키는 데 주
력하고 있다. 그 선행 작품의 목록만 보아도 강신재, 김선우,
김승옥, 김용택, 박민규, 손철주, 송찬호, 유강희, 이문구, 이
외수(가나다순) 등의 텍스트들로 가득하다. 여기에 이솝과
두보까지 더해지고 있다. 윤금초 시인은 이들의 말을 오래도

록 기억하고 "꿍쳐"두었다가, 다양하게 변형된 구어적 목소리로 시집 가득 풀어놓은 것이다.

이러한 두 가지 축을 견고하게 구축한 윤금초 시인의 이번 시집은, 말을 가득 쏟아놓는 난장亂場의 형식에도 불구하고, 자연 사물이 들려주는 근원의 소리를 듣는 단정하고도 포용적인 품을 또한 선명하게 보여준다. 시인 스스로도 간밤에 한 뼘가웃 자란 귀, 곧 "달팽이 눈처럼 숨어버리기 일쑤인 그 '귀'를 통해"(「시인의 말」) 세상과 소통의 창문을 열게 되었다고 말함으로써, 이번 시집이 세상의 온갖 소리를 귀여겨들으면서 자신만의 '시마詩魔'에 근접한 결과임을 암시한 바 있다. 그렇게 활짝 열린 '귀'로 윤금초 시인은 다양한 자연의 근원적 소리들을 채집하고 그것에 공명하면서 시를 쓴다. 바로 그 순간 윤금초 시인만의 '귀의 시학'이 열리는 것이다. 이제 그 밝은 '귀'를 따라 우리도 윤금초 시학의 한 진경進境으로 들어가 보자.

2. 열린 '귀'의 시학

앞에서도 강조했듯이, 이번 시집에는 패러디와 인유引喩에 의한 재창조 과정을 담은 시편들이 활달하게 배치되어 있다. 하지만 우리는 그보다 먼저 윤금초 시인이 오래도록 견

114

지해온 본원적 서정의 깊은 수원水源을 주목해야 한다. 왜냐하면 그의 서정은 "귓불 간지럼 태우는 날벌레 날갯짓"(「난전亂塵」)처럼 미세하게 다가오는 생명력을 담고 있는 데다, 그것들을 귀담아듣는 민감하고도 탄력 있는 감각으로 충일해 있기 때문이다. 그 감각이 열리는 순간이야말로 윤금초 시학의 사실상의 진원지인 것이다. 가령 다음 시편을 읽어보자.

꿈결엔 듯
소스라치다
자리끼를 드는 순간
삼천 대천 미물들이
돈오돈수頓悟頓修 깨어나고
부르르
우는살 소리,
명치끝을 내리친다.

앉으나 서나
살 떨리는
화통지옥 이생에서
한 시대 과녁을 겨눈
시위 떠난 불의 화살

부르르
우는살 소리,
적멸 천리 문을 친다.
　　　　—「명적鳴鏑」 전문

　여기서 '명적鳴鏑'이란 '우는 화살'의 뜻을 담고 있다. 시의 화자는 지금 미세하게 떨고 있는 '살'의 울음소리를 듣고 있다. 그 울음소리의 한쪽에는 자리끼를 들 때 삼천 대천 미물들이 돈오돈수로 깨어나는 순간이 있고, 다른 한쪽에는 화통지옥 이생에서 한 시대의 과녁을 겨눈 불의 화살 소리가 파생되는 순간이 있다. 그 "우는 살"의 소리들이 화자의 명치끝을 내리치고 적멸 천리 문을 치는 순간이야말로 윤금초 시편에서 우리가 만나게 되는 계시적啓示的 순간이 아닐 수 없다. 그 소리들은, 한편에서는 존재론적 자기 갱신을 은은하게 요청하고 있고, 다른 한편에서는 시대의 전위前衛에 합당한 밝은 예지를 치열하게 요청하고 있다. 결국 '명적'은 미세하게 울려오다가 죽비처럼 내리치는 결기로 가득한 어떤 힘의 근원이 된다. 그 은은하고도 치열한 소리를 화자는 자신의 열린 '귀'로 듣고 있는 것이다. 윤금초 시학의 서정은 이처럼 깊고도 섬세하게 열린 '귀'의 국량局量에서 나온다. 다음 작품도 이러한 그의 밝은 '귀'를 여지없이 보여주

116

는 사례다.

1
겨우내
양지바른 쪽
배돌던 무명씨같이,

갈래머리 여고생의
발화發火하는 입매같이,

울금 빛
궐기蹶起를 한다.
온 산천이 꿈틀댄다.

2
무릎베개 괴어주던
마른 그
억새풀 사이

우리 살의 생땅 냄새
흠 흠 맡는 민들레야.

척 하니,

육탈하는 꽃받침

징 소리로 쏟아진다.

'춘투春鬪'라는 비유적 제목을 단 이 시편은, 봄날 자연 사물들이 뿜어내는 역동적인 수런거림을 형상화한 작품이다. 봄날의 자연 사물들이 울금 빛으로 '궐기'하는 모습은 온 산천이 꿈틀대는 것과 등가를 이루면서, 억새풀 사이로 살의 생땅 냄새를 맡던 민들레가 "육탈하는 꽃받침 / 징 소리"로 마냥 쏟아지는 풍경으로 이어진다. 이때 화자가 보고 있는 것은 '궐기'나 '춘투' 같은 표현에 담긴 자연 사물의 역동성일 것이지만, 그 이면에는 민들레를 쏟아지는 '징 소리'로 은유하는 밝은 '귀'가 놓여 있다고 할 수 있다. 물론 '징 소리'의 물질성이 '춘투'의 현장성을 적절하게 은유하고는 있지만, 그보다 이 시편은 자연 사물의 역동성을 청각적 충실성으로 담아내고자 하는 시인의 일관된 의지가 담긴 결과라 할 것이다.

이처럼 '귀'로 듣는 자연 사물의 속성은 "떨어져 반짝이는 꽃의, 종소리 맑은 울림이라니. // 살얼음 밑 개울물은 나직이 종알거리고 / 서산 너머 잰걸음 치는 저어새 저 날갯짓 /

해 설핏 종알거리는, 개울물의 작은 내 입술."(「겨울 개울물」)
같은 표현에서도 밀도 있게 구현된다. 이렇게 온몸으로 육탈
하는 봄날의 감각적 환희를 윤금초 시인은 아름답고 탄성적
인 언어로 풍요롭게 담아낸다. 이 또한 윤금초 시학이 견고
하게 확보하고 있는 본원적 서정의 한 원형일 것이다.

쪽잠 든 겨울 산의 각질角質이 들떠 오르고
봄빛 감고 누룩 딛는 그 황홀 가눌 길 없네,
이내 몸 겨드랑이에 열꽃 피는 가려움을.

이승 반 저승 반쯤 산이 졸다 눈뜨는 기미
엿기름물 흥건히 괸 신생新生의 아침을 물고
겨워서 울먹 울먹이다, 숨 고르는 나의 떨켜!
―「떨켜」 전문

　이 시편 역시 서정의 정점에서 펼쳐 보이는 순간을 담고
있다. '겨울 산'은 이울어가고 봄빛의 황홀이 서서히 밀려오
는 순간을 화자는 여러 감각(시각, 후각, 촉각)으로 담아내는
장관을 펼쳐낸다. 그 신생의 황홀은 울먹임과 숨 고름을 동
반하면서 화자로 하여금 "나의 떨켜!"를 외치게 만든다. 여
기서 '떨켜'는 낙엽이 질 무렵 잎자루와 가지가 붙은 곳에

생기는 특수한 세포층을 말하는데, 이 시편에서는 화자가 자신의 생에서 맞이하는 신생의 순간을 은유한다. 이렇게 시인은 생의 어떤 순간을 인생론적으로 사유하면서 그것을 '울먹임'과 '숨 고름'의 양면 운동으로 치러낸다. 결국 이 시편에는 서서히 다가오는 봄날의 황홀한 신생의 순간을 실존적 생의 사색으로 전이시키는 상상력이 아름답게 채색되어 있는 것이다. 역시 자연 사물에 얼마나 시인의 귀가 열려 있는가를 보여주는 실례가 아닐 수 없다.

훌쩍 키를 넘겨버린 늙은 억새 숲 사이로
생살을 드러낸 갯벌, 파도의 문신 새기고
오늘의 마지막 빛이 한 뼘 한 뼘 이울고 있다.

야트막한 물길 짚고 자맥질하는 검은머리물떼새
헹가래 치는 물이랑이, 먼 해조음 실어 나르고
해종일 통성기도하듯 개어귀 조약돌 닦고 있네.

팍팍한 속 다 풀지 못한 푸른 귀의 바닷물
꿈결처럼 생시처럼 바스러지는 물보라에
보란 듯 젖은 무릎을 슬몃 감추는 저녁 바다.
　　―「해거름 바다 행전行傳」 전문

해거름 바다의 모습을 '행전行傳'이라는 시간 양식으로 담아내고 있는 이 시편은 늙은 억새 숲과 갯벌 그리고 파도가 "오늘의 마지막 빛" 속에서 저물어가는 풍경을 차례차례로 부조浮彫해간다. 거기서 물길 짚고 자맥질하는 '검은머리물떼새'나 해조음 실어 나르는 '물이랑'은 모두 해거름의 바다를 채워주는 구체적 세목들이다. 이때 해조음과 통성기도 같은 물소리는 차차 "팍팍한 속 다 풀지 못한 푸른 귀의 바닷물"로 번져오면서 어느새 화자의 몸속으로 들어오게 되고, 그 순간 화자는 사물의 소리와 적극적으로 동일화되는 과정을 치러낸다. 그렇게 이울어가는 저녁 바다와 화자가 치러내는 동일화 과정의 풍경은 윤금초 시학의 서정이 가닿은 심미적인 경지 가운데 하나일 것이다.

백설기 눈가루가
팔한지옥八寒地獄 얼음 위에
켜켜이 포개져 있다.

빛 부스러기
내려앉은 호숫가에
금비늘 뒤척이고

휘굽은 다복솔 가지
오도송을 외고 있다.
　　　―「그해 겨울 칸타빌레」 전문

　겨울 풍경이 심미적으로 조형되어 있는 이 시편은 아름다운 음악과의 결속을 통해 더욱 윤금초 시인의 '귀'가 열려 있음을 방증한다. 시의 제목이기도 한 '칸타빌레cantabile'는 악보에서 '노래하듯이'라는 뜻이다. 표정을 담아 선율을 아름답게 흐르는 듯이 연주하라는 말이기도 하다. 그렇게 노래하듯이 시의 화자는 얼음 위에 포개져 있는 눈을 "백설기 눈가루"로 비유하고, 빛 부스러기가 "팔한지옥八寒地獄 얼음"을 비추고 호숫가를 비추는 순간 "휘굽은 다복솔 가지"가 오도송悟道頌을 외고 있는 장면을 포착한다. 자연 사물이 오도송을 외고 있는 그 찰나는 시의 화자가 명민한 '귀'를 열고 비가시적 세계를 받아들이는 품을 보여주는 것이다.

　이처럼 윤금초 시인은 자신의 밝은 '귀'를 곧추세우고 자연 사물 속에서 실로 다양한 근원적 소리들을 듣는다. 이때 시인은 사물의 외관을 감각적으로 묘사하면서도 사물의 안팎에 흔적으로 남아 있는 시간을 거슬러 올라가는 방법을 통해 다양한 서정의 양상을 구현한다. 그래서 그의 시조는 내용과 형식 사이에 상존하는 긴장과 상충을 오롯이 감내하면

서, 동시에 정형 양식의 미덕을 충실하게 지키는 완미한 서
정을 이루어가는 것이다. 이러한 미학적 집념과 충실성에 대
해 윤금초 시인은 자신의 자전적自傳的 시론에서 이렇게 이
야기한 바 있다.

강한 맛이 세차게 충돌하여 깊은 맛을 자아내는 묘한
미학을 창출하는 음식 같은 시조를 꿈꾼다. 따로 떼어내
면 별 의미 없는 이미지들이지만 제 짝을 찾아 서로 어울
리지 않을 것 같은 재료들이 어우러져 기막힌 어울림을
연출하는 그런 시조를 꿈꾼다. 오래된 것과 새로운 것이
뒤섞여 어쿠스틱acoustic한 음색과 일렉트로닉electronic한
음색, 발랄한 감성과 비판적 시각이 한데 뒤섞여 서로 하
모니를 이루는 시조를 희망한다. 그리하여 파란破卵 · 역사
易思 · 창출創出의 시조를 모색한다.
　　—「'홍어 삼합'의 경지—나에게 말 걸기」,《시조시학》,
2011년 봄호

윤금초 시인은 알을 깨고 나오듯이 기존 관념을 흔연히
버리고, 사물을 뒤집거나 거꾸로 봄으로써 새로운 질서를 창
조하려 한다. 근원적인 발상의 전환을 통해 우리 시대에 걸
맞은 새로운 가치 창출을 모색하려는 것이다. 이러한 섬세하

고도 깊은 언어적 자의식은 그의 시조로 하여금 우리말의 더없는 수원水源으로, 우리말의 새로운 신생의 태胎로 만들고 있는 것이다. 제각기 흩어져 있는 개별적 이미지들을 견고하게 결속하여 기막힌 어울림의 형상을 만들어내는 일, 전통적인 것과 현대적인 것을 어울리게 하여 새로운 감성과 시각이 돋아 나오게 하는 일, 이러한 미학적 과제가 윤금초 시학을 관통하고 있는 것이다. 이제 그 섬세한 언어적 자의식의 실례를 들여다보기로 하자.

3. 섬세한 언어적 자의식

이처럼 특별히 자연 사물의 근원적인 '소리'에 대하여 민감한 사유와 감각을 보여준 윤금초 시인은, 자연 사물들이 내지르는 말을 풀어 헤쳐 보여주는 장인匠人으로서의 몫을 다하고 있다. 그러한 작업을 그는 우리말의 가장 깊고 아름다운 심연에서 찾아내 수행하고 있다. 시가 언어예술임을 일차적인 명제로 실현하는 것이다. 이러한 언어적 자의식은 일찍이 그가 쓴 한 산문에서 이렇게 피력된 바 있다.

나도 꽤나 우리 토박이말에 대한 애정이 각별한 편이다. 대저 글쓰기란 '언어 순화 작업'에도 한몫을 담착해야 한다는 생각은 지금도 변함이 없다. 일상어의 주류 밖으로 내몰린 채 아무도 거들떠보지 않는, 흙 속에 묻혀 있는 탯말―내 어머니와 고향이 일깨워준 그 '영혼의 언어'를 우리는 너무나 홀대하고 있지 않은 건지? 감칠맛 나는 토박이말을 찾아내고, 점점 잊혀가는 우리 사투리의 어원을 찾아내어 그 본딧말에 새로운 숨결을 불어넣는 일은 문학인이 평생 천착해야 할 덕목이 아니겠는가.

―「책갈피 너덜거리는 국어사전」,《열린시학》, 2009년 봄호

윤금초 시학은 토박이말이나 사투리 같은 이른바 '탯말'을 향하고 있다. 그 '탯말'을 통해 그는 '영혼의 언어'를 생성할 수 있다는 믿음을 가지고 있다. 그래서 우리는 그의 시편에서 정서적 충일함도 한껏 경험하게 되지만, 그만이 가지는 언어 미학적 심도深度에 착목하지 않을 수 없게 된다. 그렇게 새로운 '영혼의 언어'를 찾아 떠나는 순례자로서의 직임職任을 충실하게 수행하고 있는 윤금초 시인은 '시'가 근본적으로 언어예술임을 사유하고 실천한다. 이러한 그의 일관된 언어적 자의식은 우리 정형 시단이 보유하고 있는 한 장관이라 할 것이다. 섬세하게 펼쳐지는 그의 언어적 자의식을 한번 따라가 보자.

물의 귀는 닳고 닳아 세상 말소리 안 들리고
꽃 치레 겨루다 접은 깽깽이풀, 애기똥풀꽃
난거지 든부자처럼 째지 않게 봄빛 풀어놓네.

댓잎 바람 시르죽어 이냥저냥 하늘거리네.
돌무지 길섶에 앉아 귀동냥하는 민들레야
흐너진, 갓털 날리는 장엄 열반 민들레야.
　　　　　─「민들레야, 장엄 열반 민들레야」 전문

　　이번에는 '장엄 열반'에 든 민들레다. 하늘거리는 민들레
에서 화자가 보고 있는 것은 세상 말소리 하나 안 들리는 풍
경 속에서 봄빛 가득 풀어놓는 모습이다. 여기서 '깽깽이풀'
이나 '애기똥풀꽃' 혹은 '난거지 든부자' 같은 우리말의 묘
미가 세심하게 얹힌다. 그 순간 민들레는 댓잎 바람 하늘거
리는 배경을 뒤로하고 돌무지 길섶에 앉아 귀동냥하는 "흐
너진, 갓털 날리는 장엄 열반 민들레"로 호명된다. 윤금초
시인의 시선이 얼마나 섬세하고 그의 언어가 얼마나 구체적
생동감으로 살아나고 있는지를 보여주는 장면이 아닐 수 없
다. 이러한 세세한 묘사와 언어 배치에 의해 재구성된 그의
작품들은 "비루먹은 세간에서 시마詩魔 그도 허기진 날"(「쓰
르라미의 시」) 쓰인 섬광 같은 순간의 기록일 것이다. 다음 시

편도 이러한 언어적 자의식을 선명하게 보여주는 실례 가운
데 하나다.

작자 미상 옛 사인士人의 간찰 한 장 마주한다.
물 흐르듯 꿈틀거리듯 숨 쉬는 반흘림 수적手迹
먼 왕조 흉흉한 물결이 옥판지에 배어 있다.

칼을 물고 누웠던가, 어둠 그 먹피를 입고
지는 꽃 뒷등처럼이나 적막한 글발 위에
한 시대 협기가 어려 섬뜩섬뜩 다가온다.

먹물도 세월밥 들면 누룽지가 앉는 건지
귀 닳은 화선지의 삭은 결이 들떠 오르고…
더러는 천 년 사직이 쩍쩍 그만 균열 졌을까.

물살 드높던 소용돌이 손 짚어 더듬는다.
살 떨리는 어질머리, 헛헛한 변방의 시간을
궐문 밖 멈칫 멈칫거리다 떠나가는 증언 같은.
　　　　　　　　　　　　　—「간찰簡札」 전문

화자는 작자 미상인 옛 간찰을 바라보고 있다. 옥판지에

배어 있는 오랜 시간과 반흘림 수적手迹에서 화자는 그 간찰이 품고 있었을 오래된 서사narrative를 섬세하게 읽어낸다. 적막하기 그지없는 그 글발들 위에서 "먼 왕조 흉흉한 물결"과 "한 시대 협기"를 동시에 느낀다. 그럼으로써 화자는 "귀 닳은 화선지의 삭은 결" 속에서 오랜 시간의 전언傳言을 듣는다. 천 년 사직의 균열과 소용돌이가 함께 유추되는 순간에 비로소 변방의 시간에 대한 '증언'을 듣는 것이다. 이처럼 "물 흐르듯 꿈틀거리듯 숨 쉬는" 간찰을 통해 오랜 역사와 시간을 상상하고 유추하고 증언하는 그의 시품詩品은 우리 정형시의 위의威儀를 다시 한 번 보여준다.

산은 그예 묵상에 잠겨 뿌연 안개 걷어낸다.
다리품 그리 팔고 가풀막 오른 질경이야
누군들, 겨울에 언 빵을 씹어보지 않았을까.

잔 강물 물비늘이 반짝인다, 은어 떼로
가진 것 다 내주고 넉넉한 잎새 질경이야,
무슨 말 꿍쳐두었니? 눈빛 형형한 질경이야.

마른 풀 나지막이 숨죽여 서걱거린다.
어지러워 어지러워라, 쓸쓸한 세상 뒤꼍에

강물이 먹구렁이처럼 먼 산모롱이 굴려 간다.
ㅡ「무슨 말 꿍쳐두었니?」 전문

　시집의 표제작이기도 한 이 시편은 산이 묵상에 잠겨 안
개를 걷어내고 강물 물비늘이 반짝이는 풍경 속에서 쓰인 작
품이다. 화자는 질경이에게 "무슨 말 꿍쳐두었니?" 하고 묻
는다. 그때 눈빛 형형한 '질경이'는 나지막이 숨죽이며 "쓸
쓸한 세상 뒤꼍에 / 강물이 먹구렁이처럼 먼 산모롱이 굴려
간다."고 하면서 침묵으로 응대한다. 화자가 묻는 '말'은 결
국 '침묵'으로 갈무리되면서, 자연과 시간 속으로 느슨하게
함입해 들어온다. 이렇게 윤금초 시편은 생동하고 살아 있는
'말'을 침묵으로 꿍쳐두었다가, 오랜 시간의 결을 따라 그것
을 풀어낸 "형형한 질경이"와도 같다. 그러한 시간 의식을
시인은 감각의 민활함과 기층언어의 생동감으로 감싸 안고
있는 것이다. 다음 시편에 나타난 기층언어 역시 가멸차고
아름답다.

　아서 아서, 꽃샘잎샘 지나 보리누름 아니 오고

　저녁 에울 고구마를 옹솥에 안쳐두고 풋보리 풋바심을
찧고 말려 가루 내어 죽 쑤어 먹을 때까지 산나물 들나물

먹으나 굶으나 쉬지 않고 주전거려도 만날 입이 구쁘고,
발등어리가 천생 두꺼비 등짝 같고, 손도 여물 주걱마냥
컸던 아부지, 울 아부지. 참나무 마들가리 거칠어 보이는
손가락으로 올올이 애정이 무늬진 명주필 사려내고, 목비
녀 삐딱하게 꽂힌 솔방울만 한 낭자에선 물렛가락이 뽑아
낸 무명실 토리가 희끗거리던 엄마, 울 엄마가 삶아 낸

밀개떡, 그날 그 밀개떡이 달처럼만 오달졌지.
　　　　　　　　　　　　　　— 「아직은 보리누름 아니 오고」 전문

'보리누름'이란 보리가 누렇게 익는 철을 말한다. 꽃샘잎
샘 지났는데 보리누름은 아직 오지 않았다. 화자의 가난했던
유년 서사가 그 시간 안에 녹아 있다. 그의 기억 속에는 옹솥
에 안친 저녁 고구마, 풋보리 풋바심을 찧고 말려 가루 내어
쑨 죽, 산나물 들나물 같은 세목이 선명하게 즐비하다. 그 세
목의 연쇄를 둘러싸고 발과 손 모두 컸던 아버지와 낭자에선
물렛가락이 뽑아낸 무명실 토리가 희끗거렸던 어머니가 계
시다. 어머니가 삶아낸 '밀개떡'은, 보리누름 아직 오지 않
은 시절에 얼마나 달처럼 오달지게 맛있었는지, 그야말로 그
황홀은 온몸의 기억으로 남아 있다. 그래서 이 작품은 윤금
초 시 전체에서 사실적 세목과 유년의 기억 그리고 지난 시

절 우리네 삶이 거쳐왔던 사실성이 함께 구체적으로 담겨 있는 사례일 것이다.

현대시조를 두고 "개성적인 경험이 긍정되면서 관념보다 이미지, 사의辭意보다 감각을 내세운 것이 현대시조가 거둔 성과"(박철희)라는 지적이 일찍이 있었거니와, 윤금초 시학은 이러한 '이미지'의 활달함과 '감각'의 선명한 구체성을 결합하여 미학적 형상을 창출한다는 점에서, 우리 정형시단이 개척해온 현대성의 뚜렷하고도 높은 전범으로 다가온다 할 것이다.

4. 첨예한 양식적 자각의 구현

우리의 현대시조가 단아한 형식적 안정성에 갇히지 않고, 새로운 양식적 확장을 통해 현대성을 획득할 수 있다는 것은 매우 귀중한 양식론적 자각 가운데 하나다. 윤금초 시인은 일찍이 창조적으로 재구성된 인간 경험을 일종의 담화 discourse 형식으로 이야기하는 방식을 통해 시조의 양식 확장을 기도해온 대표적 사례다. 종래에는 이러한 담화 양식을 '시적인 것'과 대립되는 것으로 보는 경우도 있었지만, 최근에는 이러한 변형 의지를 시적인 것의 확장으로 받아들이는 경향이 많아졌다는 점에서, 윤금초 시인의 작업은 매우 중요한 방법론적 실천이라 할 수 있다. 윤금초 시인이 꾀하고 있는 '시적인 것'의 확장으로서의 시조 미학은 형식에서의 절제와 파격 사이, 내용에서의 전통성과 현대성 사이, 개개 시편에서의 응축과 확장 사이의 길항에 놓인다. 사실 전통과 창조 사이의 균형이 없다면, 시조 양식의 창조적 확대는 거의 불가능하고 또 무의미한 것이 아니겠는가. 이러한 방법론적 자각과 실천의 사례가 바로 그가 쓰는 '사설시조'들일 것이다. 결국 이번 시집에서 그의 양식적 실천은 패러디와 인유를 통한 선행 텍스트와의 접속과 함께, 사설시조의 미학적 실현에 의해 이루어졌다고 할 수 있을 것이다. 그 사설시조의 실례들을 보자.

천둥이 번개 되고 번개가 벼락 되지.

도구통 들여다보면 무거리 같은 귀신, 떡시루 들여다보면 시룻번 같은 귀신, 잔칫상 들여다보면 찰떡 밑에 메떡 같은 귀신, 쓰고 남은 잔돈 부스러기마냥 몽땅 저질이고 시답잖고 폭폭한 속 찍자나 붙는 것뿐, 그런 귀신 모이면 장난판이 난장판 되고 난장판이 야바위판 되지. 산적 떼나 비적 떼나 불한당 떼나 파당 파쟁 패거리 우두머리 다 나와서 차포마상車包馬象 벌여 앉아, 술꾼 춤꾼 계꾼에다

선거꾼 낚시꾼 거간꾼 노름꾼에 개평꾼 난봉꾼 말썽꾼 도
굴꾼 사냥꾼에다 빚쟁이 허풍쟁이 화류쟁이 바람잡이 넌
덕을 떨고, 개나 걸이나 갯물 민물 없이 함께 후덩거리다
감투거리 빗장거리 낮거리 밴대질도 배우고, 자발없는 철
부지 잡도리하드키 재우치고 다그치고 되곱치고 엉너리
치고 능갈치고 둘러방치다

짝! 하니 생장작 패듯 복장 터지는 소리라니.
　　―「뜬금없는 소리 2」 전문

이 '뜬금없는 소리'를 통해 우리는 윤금초 시인의 언어적
천착과 스케일을 동시에 경험한다. 작품의 초장과 종장을 이
어보면, '천둥'과 '번개'와 '벼락'의 연쇄 속에서 생장작 패
는 듯한 "복장 터지는 소리"를 듣는 시인의 품이 그려진다.
그 안에는 도구통과 떡시루와 잔칫상에 모인 귀신들, 산적
떼나 비적 떼나 불한당 떼 등 '떼'들, 술꾼 춤꾼 계꾼에다 선
거꾼 낚시꾼 거간꾼 노름꾼에 개평꾼 난봉꾼 말썽꾼 도굴꾼
사냥꾼 같은 '꾼'들, 빚쟁이 허풍쟁이 화류쟁이 같은 '쟁이'
들이 모두 모여 "재우치고 다그치고 되곱치고 엉너리 치고
능갈치고 둘러방치"는 이야기가 펼쳐진다. 모두 윤금초 시
인이 섬세하게 선택한 기층언어의 난장이라 할 수 있고, 윤

금초 시학이 겨냥하는 구술성orality의 극대화 과정이라고 할 수 있을 것이다.

이 시편은 우리 시대의 가장 뛰어난 이야기꾼인 이문구 소설의 패러디로 되어 있지만, 오히려 우리는 오랫동안 양식적 확장과 갱신을 미학적 좌표로 삼아 옴니버스 양식이나 사설시조의 확장에 공들여 왔던 윤금초 시학의 자연스런 발현으로 읽게 된다. 이러한 의욕은 「뜬금없는 소리」 연작에서 강렬하게 실현되면서, 이 사설시조 작품들로 하여금 윤금초 시학의 가장 확연한 기둥이 되게 하고 있다. 특별히 이문구 소설과의 적극적 접속은, 그 안에 이문구 소설의 미학적 장처長處인 기층언어의 발굴과 실현을 긍정하려는 시인의 의지가 깊이 담겨 있는 것이다.

하 무더운 한여름 밤 네댓 아낙 놀러 나왔지.

대흥사 피안교彼岸橋 밑 으늑한 개울가의, 말추렴 반지 빠른 마흔 뒷줄 아낙들이 푸우 푸 멱을 감았지. 유선장 감고 도는 가재 물목 돌팍 위에 웃통이며 속옷이며 훌훌 벗어 던져놓고 멱 감았지, 멱을 감았어. 미어질 듯 풍만한 샅이며 둔부 이리 움찔 저리 움찔, 출렁거리는 앞가슴을 홀라당 드러내고 멱을 감았지. 접시형 젖가슴에 원뿔꼴 유

방하며 반구형 사랑의 종 감긴 달빛 풀어내고 물장구 첨
벙첨벙 먹 감는 아낙네들 곁눈질하던 저 느티나무, 아니
볼 것 훔쳐다 본 자발없는 관음증 느티나무. 벌거숭이 여
인네들 속살 몰래 보기 송구하여 아으! 타는 가슴 쓸어내
리다, 천년토록 쓸어내리다,

행허니 도둑맞은 드키 속이 저리 비었대.
　　　　　　－「대흥사 속 빈 느티나무는」 전문

대흥사 속 빈 느티나무와 무더운 한여름 밤 놀러 나온 아
낙을 유추적으로 연결한 이 시편은 기층언어와 해학이 어우
러진 사례로 읽을 만한 작품이다. 대흥사 피안교 밑 개울가
에서 마흔 뒷줄 아낙들이 먹을 감고 있다. 화자의 시선은 그
"미어질 듯 풍만한 샅이며 둔부 이리 움찔 저리 움찔, 출렁
거리는 앞가슴"을 드러내고 먹을 감는 아낙들과 함께, "접시
형 젖가슴에 원뿔꼴 유방하며 반구형 사랑의 종 감긴 달빛
풀어내고 물장구 첨벙첨벙 먹 감는 아낙네들 곁눈질하던 저
느티나무"를 동시에 향한다. 결국 느티나무가 벌거숭이 여
인네들 속살을 보기 송구하여 가슴을 천년토록 쓸어내리다
저렇게 텅 빈 나무가 되었다는 것이 이 시편의 해학적 상상
의 결과다. 이러한 유머러스한 상상과 우리말의 넉넉한 결합

이 이 사설시조의 아름다움 속에 조곤조곤 번져가고 있다.

상수리 마른 잎이 석양을 붙잡다 놓아준다.

접때 기러기 몰아온 바람이 여태 수수깡 울에 머물며 가랑잎 줍는 게 오늘 밤도 된서리가 하얗게 필 모양이다. 뜨락 한 그루 개오동 검은 그림자 섬돌을 베개 삼아 밤 깊은 소리 엿듣고, 오동 한두 잎새가 찬이슬 피해 내려 제 발등 덮는다. 저저금 저 살려고 토막 숨 연방 들이쉬며 놔도 한몫 들어도 한몫, 늘리고 보탠 것 없이 흥뚱거린 살림붙이 그냥저냥 떠밀려 오는 하루가 육십 고개 넘어섰다. 가노라고 가다가 지분거리고 저기서 눈 속이고 여기서는 이냥 들켜버린 이승살이. 오온五蘊에 매여 연줄 끊지 못하고, 세상이 날 선 세상인데 풍경인들 여북하겠나?

지금은 목쉰 풍경이 무심히, 무심히 운다.
　　　　　―「개오동 그림자」 전문

저물녘 풍경 속에 놓인 상수리 마른 잎과 함께 화자의 시선은 개오동 그림자를 향한다. 그 순간은 기러기 몰아온 바람과 함께 된서리가 하얗게 필 것 같은 전조前兆 속에 있다.

한 그루 개오동 검은 그림자는 밤 깊은 소리를 엿듣고 있고 동시에 오동 한두 잎새가 떨어진다. 그 개오동 그림자에 화자는 자신의 삶을 포개 얹는다. "늘리고 보탠 것 없이 흥뚱거린 살림붙이 그냥저냥 떠밀려 오는 하루가 육십 고개 넘어"선 삶은, 개오동의 것이자 화자 자신의 것이기도 하다. 하지만 바로 그 순간 화자는 분주하게 살아온 이승살이와 오온五蘊에 매여 연줄 끊지 못하고 살아온 세상과 화해하면서, 목이 쉰 채 무심하게 울어대는 풍경을 마주한다. 이처럼 윤금초 시인은 대상의 외관을 묘사하면서도 그 안에서 깊은 시간의 내면을 함께 읽고 오래도록 지나온 세상과 궁극적 화해를 도모한다. 이렇게 지나온 격정을 갈무리하면서 화해로 수렴하는 시상 전개 방식은 사설시조의 '발단—확장—응축'의 원리 안에 잘 담기게 된다.

비렁뱅이 득시글했지, 옛 중국 아편굴엔

저녁 어스름 속에 티눈 같은 눈발 날리고 있었지. 몰락하는 길섶 한켠 남루의 옷자락 펄럭거리고, 이따금 북극곰처럼 비렁뱅이 몸을 웅크리다 메마른 흙먼지 비질하고 있었지. 이에 저에 문전걸식 주발이며 헝겊 조각, 놋요강이며 가재도구 쇠푼 한 닢 바꿔 먹었지. 사위는 고요했지.

서걱거리는 억새 소리 밟으며 다가오는 썰렁한 죽음의 시
간, 산은 막막 비어 있었지. 어둠이 모든 것을 먹어치우고,
허허 들판 먹어치우고, 울근불근 우적우적 동냥밥 먹어치
우고, 흐무러진 뼈마디 옹근 살을 먹어치우고, 신갈나무
마른 산을 먹어치우고, 어둠이 어둠을 먹어치워 앞을 보
면 막막 산과 텅 빈 하늘뿐. 가슴살 반쯤 가린 늙은 비렁뱅
이 철 지난 홑적삼도 어느 아편쟁이가 벗겨 갔지. 햇귀의
순금 화살이 쉴 새 없이 땅 위로 쏟아져 내리고, 한 무더기
잿더미가 풀썩 맥 잃고 무너지듯 비렁뱅이 허물어졌지.
허물어진 비렁뱅이 벌거숭이는 대명천지 이른 아침 찌그
러진 동냥 그릇, 귀 닳고 이 빠진 양은 식기로 푸르딩딩 시
르죽은 거시기만, 거시기만 겨우 가린 채 누워 있었지. 어
디선가 느닷없이 달려 나온 젊은 비렁뱅이 거시기 가린
양은 밥그릇 냅다 벗겨 달아나다, 삼십육계 줄행랑치다
일순 토끼눈 하고 서서 앗, 아부지!

그 아비 쭈그렁 불알만 하늘다랗게 달랑달랑⋯.
　―「산은 막막 비어 있었지」 전문

이 시편 역시 윤금초 사설시조의 한 원형으로 보아 손색
이 없다. 비렁뱅이 득시글했던 옛 중국 아편굴이 맨 앞에 낯

설게 배치된다. 시의 화자는 그 옛 중국 아편굴로 스스럼없이 달려간다. 눈 내리는 저녁 어스름, 몰락과 남루가 있고 문전걸식하는 비렁뱅이가 있다. 고요한 공간에 다가오는 죽음의 시간을 두고도 산은 그야말로 막막 비어 있다. 어둠이 들판과 동냥밥과 뼈마디 옹근 살과 마른 산을 먹어치우고, 어둠이 어둠마저 먹어치운 후 막막하게 비어 있는 산과 비어 있는 하늘만 있다. 그렇게 늙은 비렁뱅이가 누워 있는 풍경에 어디선가 느닷없이 달려 나온 젊은 비렁뱅이 하나가 양은 밥그릇 냅다 벗겨 달아나다 "앗, 아부지!" 하는 게 아닌가. 은근한 해학과 인생 비애가 함께 녹아 있는 가난의 서사가 쓸쓸하고도 아름답게 이어진다.

두루 잘 알듯이, 사설시조의 형식적 특성은 평시조 정형의 틀 내에서 변화를 보인 것에 있다. 말하자면 "정형 속의 가변성"(김학성)에 있는 것이다. 그리고 사설시조는 "선행하는 평시조의 미학과 대립되는 그 나름의 독자적인 미적 체계에 의해 새로운 미학을 창조하고야 마는 것이니 사설시조의 진정한 의의는 바로 여기에 있다"(정병욱)고도 할 수 있다. 윤금초 시인의 양식적 자각과 실천은 일관되게 그가 추구하는 사설시조의 미학적 극대화와 연관되면서, 시인이 치열하게 견지하고 있는 양식적 사유 과정을 선명하게 보여준다 할 것이다.

5. 현대시조의 과제와 윤금초 시학의 미래

이처럼 정격과 파격 사이를 오가는 양식 확장의 의지는 윤금초 시인이 우리에게 보여주는 현대시조 양식에 대한 창조적 자각의 결과다. 그는 기층언어의 조탁 과정을 현저하게 보여주면서, 토박이말과 방언 자체의 미감을 그대로 살려내는 데 온몸의 적공을 들인다. 사물이나 시간이 가지는 미추美醜와 청탁淸濁을 굳이 가르지 않고, 사물과 시간이 자신의 기억 속에서 제 나름의 의미와 가치를 지닌다는 생각을 그 안에서 펼쳐나간다. 추상어보다는 구체어, 문어文語보다는 구어, 표준어보다는 지역어를 지향하는 그의 시학은, 그렇게 일관되게 우리의 정형시단을 아름답게 채색한다. 윤금초 시편이 있어 정형시단은 단연 풍요롭고 구체성 있는 언어의 보고가 되고 있는 것이다.

나는 요즘 또 다른 글감을 찾기 위해 '새로운 우물 파기' 작업을 시도하고 있다. 심인보의 『곱게 늙은 절집』을 읽으며 시조의 양식적 개방성을 이끌어내고자 궁리를 하고 있는 것이다. 땅만 내려다보고 다니면서 돈지갑이나 주우려는 사람들, 감각에 의탁하여 시조 문학을 경영하는 일부 시인들과는 달리 나는 다시 '필마단기匹馬單騎'의 여행길에 올랐다. 새로운 글감을 찾아 외롭고 고통스런 '우물 파기' 작업을 시작하고 있는 것이다. 서로 어울리지 않을 것 같은 이미지와 이미지가 세차게 충돌하여 깊은 맛을 우려내는 '홍어 삼합'의 경지 같은 시조를 찾아서. 이 또한 몹쓸 병마가 아니겠는가!

　　─「'홍어 삼합'의 경지─나에게 말 걸기」, 《시조시학》, 2011년 봄호

　도시에서 분주하게 살아가면서 쌓인 근심을 소리 없이 풀어내는 '쉼'의 공간으로 절을 찾아가는 책을 통해, 윤금초 시인은 깊은 적막과 오랜 시간을 지키고 있는 절집을 찾아가는 마음으로 시조를 궁구窮究한다. 말할 것도 없이 우리 전통 양식인 시조는 계몽 이성이 그려온 근대의 외관을 고분고분 개괄해주는 언어가 아니라, 근대의 저편을 반성적으로 바라보며 대안적 사유를 수행해온 특수한 언어의 역사를 가지고 있다. 그래서 시조 미학은 단일한 주체의 확고부동한 신념보다는 복수의 타자들이 경험하고 깨달아가는 '다른 목소리the other voice'를 활력 있게 받아들임으로써 그 현대적인 미학 지평을 확대해왔다. 이러한 경험과 깨달음을 통한 목소리의 발현이 윤금초 시학에서도 폭넓게 나타나는 것이다.

　우리는 시조가 가져왔던 양식적 동일성을 건실하게 유지

하면서도, 현대성에 때로는 발맞추고 때로는 맞서면서, 현대시조가 꾸준히 창작되고 수용되어야 한다고 말할 수 있다. 근대의 극점에 다가가면 갈수록 현대시조가 가지고 있는 고유한 언어적 섬광閃光이 긴요하게 요청되는 역설의 지점을 확인하게 될 것이기 때문이다. 이러한 현대시조의 섬광이 위안과 독려의 시너지를 가지게 하기 위해서 우리는 현대시조에 수반되는 여러 문제를 심층적으로 생각해보아야 한다. 윤금초 시학은 이러한 과제에 부응하면서, "새로운 글감을 찾아 외롭고 고통스런 '우물 파기' 작업"을 수행하고 "서로 어울리지 않을 것 같은 이미지와 이미지가 세차게 충돌하여 깊은 맛을 우려내는" 과정을 실현해갈 것이다. 그것이 바로 그가 비유해 마지않는 '홍어 삼합'의 경지가 아니겠는가.

윤금초 시학의 한 중요한 결절結節이 될 이번 시집은 우리 정형시의 역사가 남긴 뚜렷한 표지標識가 될 것이다. 말하자면 구어적 풍요로움과 우리의 기층언어에 대한 섬세한 자의식과 사설시조의 다양한 탐색과 창작을 통한 첨예한 양식적 실천으로 문학사에 기록될 것이다. 우리로서는 윤금초 시학의 다양한 굴절과 함께 이어져 갈 우리 정형시의 미래가 이로써 한 단계 더 밝아지기를 기대한다. 그리고 그렇게 섬세한 언어적 자의식과 첨예한 양식적 실천을 동시에 수행하면서 이어져 갈 그의 시적 생애를 오래도록 지켜볼 것이다. 그 오랜 시간을 반짝이는 심미적 언어의 빛으로 비출 시간을 소망하면서 말이다. 시인 스스로도 "어둠의 시간은 짧고 빛의 시간은 길다"(「이순의 산」)고 노래하지 않았는가.

책 만 드 는 집
시인선 018

신평 시집

산방에서 山房

책만드는집

경주 고란, 산허리 한 자락을 잘라 지은 집, 심허산방心虛山房이라 이름 붙였다. 바람이 불면 삐걱거리고, 눈이 내려 길이 막히면 꼼짝 않고 기다렸다. 너구리 굴 찾아가듯 그곳으로 들어갔다. 1년은 족히 넘는 세월 동안 홀린 듯 그렇게 지냈다. 늦가을부터 시작하여 겨울, 봄, 여름, 다시 가을과 겨울을 거쳐 봄이 왔다. 계절의 변화를 머리에 뚜렷이 각인하며 하늘과 구름을 쳐다보는 사이, 마음의 때가 약간 벗어짐을 느꼈다. 무슨 연유인지 좋은 시를 뽑아내겠다며 꽤 애를 썼다.

홀연 육십을 바라보는 나이가 되어 뒤를 살피고 또 찬찬히 앞을 내다본다. 허점과 오욕에 가득 찬 과거는 조용히 보자기로 싼다. 꼭두새벽 정화수 떠다 놓고 나쁜 기운이 새나오지 않게 빌고 싶다. 남은 인생은 큰 실수 하지 않고, 남에게 욕 얻어먹지 않고 한 발씩 걸어가야겠다. 또렷한 정신으

로 하늘과 바람과 구름과 별들을 짚으며 저 끝으로 사라질
수 있으면 좋으련만…….

—2012년 봄

신평

2부

5부

1부

산방山房에서

검푸른 하늘강 위
흐르는 달구름

구름에 가려도
달은 홀로 빛나고

멀리서 들리는
산짐승 소리
구름에 닿아 부서지는데

산방山房에 앉아
내다보는
삶과 저승의 흐릿한 경계

고요한 하늘강에
몸 담그어
때를 씻는다

겨울 호수

언 호수 위
눈 내리는
소리

나무도
산도
하얗게 덮이고

어둑어둑
날은 저물어

눈 내리는 소리
아득하다

바위

나는 여기 있다
나를 소중히 불러줄
누군가를 갈망하면서

부르는 소리 들으면
한걸음에 달려가 안겨
그의 향기 받아 마시고
깨어나지 않을 꿈 꾸리

소망은 언제나 가위질당하고
아득한 새날은 한 치의 위안도 되지 않은 채
빈 산길에는 굴러다니는 낙엽 소리뿐
여윈 햇빛은 안쓰럽게 바라본다

나에게 말 걸어주는 사람
하나 없다는 무력감
까맣게 색칠된

그것은 밀폐의 지옥

온몸 바스러져
조각조각 땅 위에 퍼지르고 싶어도
그냥 서 있을 수밖에 없는 나

나는 바위다

십일월

한 해의 끝 무렵은 참 답답한 차림새다

올해 매듭 못 지은 일들 예사로 엉클어지고
닥칠 한 해는 구부정한 허리로 하품하며 기다린다

십일월 내내 부옇게 흐리다, 모처럼 해가 긴 어느 날
햇빛이 미안한 듯 머리를 긁으며 곁에 온다
아서라, 네 탓이 아니라 내 마음이 어지러울 따름이지

더 자주,
먼 과거에서 일어난 모래바람이 시야를 가리고
부끄러움은 손에 땀으로 번진다
좀 더 헤아리며 살지 못한 안타까움
덩어리가 되어 덜컹덜컹 굴러떨어지는 소리
귀를 긁는다

분분한 마음으로 지나간 날들 보며

남은 얼마의 날들 위에 얹어두는 약간의 기대

어정쩡한 십일월

너와 함께

눈 오다 그친 어느 날
산비탈 길
너와 함께 걷고 싶다

눈을 인 소나무
떨리는 푸른빛
네 얼굴에 번진다

바람이 지나가며 쌓인 눈을 턴다

손을 꺼내 잡고
서로에게 전해지는 온기
고개 들면
파란 하늘의 시린 웃음

햇빛이 눈에 닿아
아지랑이로 피어오른다

땅을 떠나 하늘로 퍼지는
무중력의 자유로움

홀가분해진 업장을 아예 벗어던진다

이제 무념無念의 눈길로
바라보는 너
사위四圍를 메우는 정적

너와 함께 걷는
눈 내린 산길

로드 킬Road-Kill

햇빛을 안으려고 다투었던 나무와 풀들
이제 숨 고르며 휴식을 취한다

조락의 표시는 점점이 흩어지고
점들은 확장되어 생을 잠식해 들어간다

겨울이 가까울수록 늘어나는
땅바닥의 사체, 소위 로드 킬 된 동물의 주검들

세상에 아무렇지 않은 목숨은 단 하나도 없건만
아무렇지도 않게 죽어가는 목숨들
차갑게 식어가는 길바닥에
어떤 저항도 포기한 몸짓으로 널린다

죽음은 누구에게나 급작스레 찾아오듯
로드 킬은 어쩌면 죽음의 일반적 형태
격한 충돌의 에너지는

일상을 눈 깜짝할 사이 증발시키고
고통과 기쁨의 톱니바퀴는
조용히 멎는다

고엽이 버석버석 소리 내는 가슴
온기 남은 한구석에 사체를 묻고
늦가을 엷은 햇빛 속을 지난다

비의 느낌

새벽 비
열리는 하늘을 막으며
흐릿한 물안개 불어넣는다

꺼져간 시간이 살아 오르고
까마득한 소리가
환청으로 튀어다닌다

늙어가면
비 내리는 벌판에 선
어린아이가 된다
술렁이는 고적함의 깊이
가늠할 수 없고
불안한 눈으로 돌아보는
지나온 길

왜 젊은 날들의 중심에는 빗방울이 자리할까

빗방울은
약간 울렁거리기만 해도
터져버리는 눈물

눈물의 무게를 담고 떨어지는 비
젊은 날은 빗속에
신기루로 떠 있다

새벽의 느낌

새벽, 미명未明의 커튼을 젖힌다

오늘은 다르겠지
꾸역꾸역 모여드는 작은 기대들
어느 하나 새로울 리 없건만

언젠가 빛으로 가득 찼던 세상
녹슬고 깨진 빛의 조각들
하나둘씩 사라진다

늙어감에 따라 과거는
밑둥치 썩는 냄새를 내고
수풀 속 저 먼 곳은
슬픔의 통로로 연결된다

아직 지워지지 않고 남은 것
상실의 조바심이 누선淚腺을 건드린다

아무 다를 바 없이 무심한 오늘일지언정
그래도 고마운 일
생의 경계가 분명해지는 자에겐

갈무리

때때로 블랙아웃된 세상으로 순간이동했으면 좋으련만
관계란 관계는 모두 소진되고
제 눈만 깜빡이며 간신히 숨을 쉬는 곳

살아갈수록
닦지 않은 유리창 때처럼
덧칠로 쌓이는 부끄러움

뒷골목에서 비틀거리며 속을 게워내던 젊은 날
그것은 아름다운 방황이고, 나이 들어 그런 것은 주책이다

낡은 망각의 창고에 힘껏 밀어 넣고
자물쇠 찰칵 채웠는데
한 번씩 새나와 눈앞을 어른거린다

냉기가 사르르 퍼지는 계절이 되면
몸이 움츠러들고, 갈무리 잘하고 있는지

생각은 급하게 달린다

휘청거리는 한 몸 추스르는 갈무리도 쉽지 않다
숨고 싶은 마음, 가뭇없이 대기로 훌훌 흩어졌으면

귀뚜라미 소리

사시장철 비가 내린다 나비는 빛깔을 잃어버리고 풀은 누웠다 마른침을 삼키며 이제나저제나 비 그치기를 기다리나 비는 여전하다 긴 휘파람으로 하늘을 맑게 할 백마 탄 초인, 그는 나타나지 않는다 숙명으로 내리는 비다 왜 사람들은 비를 애써 외면하려는 걸까 먹고 마시고 떠들면 그에서 비켜나는 듯이 오늘도 왁자지껄하게 번잡함을 만들어놓는다 뿌리를 내리지 못하는 데서 생기는 분노, 단단한 비수로 심장 한켠을 예리하게 파들어간다 피가 흐른다 누구나 피를 흘린다

귀뚜라미가 구석에서 구슬피 운다 방 한가운데에서 울어도 구석에서 운다고 우긴다

귀뚜라미 소리를 바로 들을 때 슬픔의 본디 모습이 보일 텐데

작은 미소

어렸을 때 봄,
나물 캐러 가서 보았던
아지랑이 속 흔들리던 벌판
메마른 벌판이 모내기를 거치고
섭리처럼 만들어지는 무논

유월의 햇빛에 데워져
찰랑거리는 무논은
어머니의 포근한 가슴이다

이제 이마의 주름살이
버거운 나이가 되고
내가 남에게 줄 것은
무논 위 반짝거리는 햇빛으로 만든 미소
나를 기억하는 모든 이에게
아무도 눈치채지 않게
슬쩍 던지고 싶다

가라앉는 여름

조락凋落의 씨를 잉태한 채 올라가는 가파름
절정의 순간,
여전히 눈부신 햇빛
그러나 새순을 내지 않는
숲은 더 이상 반짝이지 않는다
매미 소리는 외롭게 흔들리고
바람의 체취를 맡으며
먼 산을 두리번거리는 구름
지친 독백의 소리 읊조린다

지나가 버림을 낯설어하지 말라, 지금은 언제나 나름의
의미를 갖는다
애끓는 열정이 다한 자리에는 온화한 휴식이 깔리고
숨 고르며 통찰의 눈을 밝힌다
세상을 거두는 순리를 받아들이고
그에 기꺼이 빨려 들어가면, 찾아드는 마음의 평화
겸손하게 무릎 꿇고 두 손을 들어 받으리니

살랑이는 뽕나무 잎 사이로
귀를 움츠려 듣는다
조금씩 커져가는 풀벌레 울음들

고향

상처 난 가슴 그대로 안고 살 수 없어
상처를 들여다보기로 한 어느 날
고향의 먼 모습이 꿈틀대었다

허우적거리는 성장통에 세상이 전부 노랬고
하늘과 땅은 삐거덕거리며 광대 춤을 추었다
온통 비늘로 뒤덮인 지산못 수면
바람이 흔들거리며 수초를 핥던 사이
물에 잠긴 네 몸은 차츰 굳어갔다
수성들 푸른 풀잎에 떨구었던
핏빛 눈물들, 오월의 메마름으로 타올랐다

이 길 저 길 돌고 돌아 선 오늘

메운 지 오래된,
못 위에 선 아파트 단지
추억은 깡그리 밟히고

시멘트 골목은 어지러이 나뒹군다

펄럭이는 푯대 위에서 외치는 소리
돌아갈 수 없는 길에 대한 거부
메아리 없이 갈라진다

참을 수 없었던 떨림은 가라앉고
흘러간 시간
풀 죽은 깃발로 눕는다

기억의 빗장을 열고
조심스레 살핀다, 아직 아물지 않은 상처
과거를 향해 천천히 손 내민다
오래 죽어 있었던 고향
비로소 눈을 연다

여름은 바다

여름은 홀연
녹색의 바다로 떠오른다

이곳저곳
아득한 저 산 너머까지
출렁이는
녹색 이파리들

여름은 하얗게,
지글거리는 광선을 흩뿌려
이파리들 힘 돋우고
매미 소리는 쉼 없이
여름 바다 헤엄쳐 다닌다

이마에 흐르는
땀 훔치며
여름의 후끈거리는

냄새 마신다

가고 올 수 없는
저 생의 골짜기에도
여름의 물결이 밀려갈까

저 생으로 건너갈 때
이 생의 짙은 이파리 하나
가져갈 수 있을까

여름 바다
저 깊은 속
만물이 익어간다

장마의 속

긴긴날 장마에
부르트는 가슴

가슴에서 스며 나온 시름들
싯누런 냇물에 보태져
콸콸 흘러간다

갑자기 세진 빗줄기
시공의 양옆을 막고
온통 천지가 웅성거리는
아, 저 아우성

햇빛을 반사하는 설원雪原에서
잠겨진 시력처럼
깜깜해진다, 어둠 속에서
꽃이 돌아간다

동경, 우에노 공원,
눈처럼 떨어지는 사꾸라 꽃잎에
희미한 눈웃음 웃던 그 사람
흐릿하게 잠깐 떠올랐다
숨어버린다
아니, 강한 현기증이 내는
흑백색의 흔들림 속으로
증발했다

빗줄기밖에 보이지 않는 세상
빗소리의 환청에 갇힌 채
꽃이 돌아간다

마당

서쪽으로 다가가며
조금씩 마음을 푸는
해

햇빛에 증발했던 나무
다시 모습 드러내고

기력을 얻은 바람은 신이 나
동네방네 다니다
낮잠 자는
개 얼굴을 핥는다

이제나저제나 주인이 올까
기다리다 지친 개
땅바닥에 배를 깔았다

마당으로 지는 여름 저녁

제철로 익은

오디만큼 상큼하다

딥 블루Deep Blue

상수리나무 위 산비둘기 소리
구— 구—, 구구우
언제 시작했는지
그치지 않는다

무한으로 반복되는 소리
나른한 오후의 장막을 치고
우수의 그늘이 깔린 숲,
파란색으로 물든다

비는 오지 않으면서
찌푸린 하늘
풀잎 색깔 짓눌려
더욱 파래진다

나무와 풀과 새와 하늘이
각자의 표정으로

만들어가는 오후의 산,
일순 모두가 합쳐
파랗게 색칠된
정물화 같다

깊게 가라앉는
산비둘기의 울음
어뜩한 시선으로
낯선 주위를 돌아본다

바람

너는 알고 있니
흙담벽 스쳐 지나가는
바람의 몸짓을

여기저기서 부른다
산이 부르고
새가 부르고
떠 있는 구름이
그냥 오라 한다

오다가다 지친 바람
담벼락 기왓장 위에서
얇은 햇볕 쬐며
잠시 쉬고 싶지만
쉬지는 못한다고 한다

바람은 바람이어야 한다는 말

그래 알겠어, 바람은 마냥
혼자서 이리저리 분다

갑자기 바람이 사그라진다

검정 벌레의 의미

백색으로 뒤덮인 세상, 마을로 내려가는 길은 끊어지고 눈 속에 갇혀 있던 날 청솔가지가 뚜욱 뚝 부러지고 댓잎은 풀 죽어 바닥으로 깔리던 날, 일렁거리는 바람 저편, 희미하게 들려오는 소리에 맞춰 가슴속에 생겨난 검은 벌레 한 마리, 소리가 커지며 자라나는 벌레, 급기야 눈에 힘을 주어 떡 버티고 앞을 노려보는 벌레, 무서움에 질려 부들부들 떠는 몸에서 힘이 빠져나갔다 창백한 얼굴로 산 밑의 벌판을 바라보는데 가득 찬 눈이 몸 위를 덮쳐왔다 벌레는 눈더미 위에 올라가 날카로운 앞 발톱을 들어 내려칠 듯이 위협했다 너는 누구니? 벌레를 향한 외침은 자다 깨어 지르는 소리처럼 입안에서 우물거렸다

기진맥진한 사이에 해는 지고 사위四圍를 덮는 어둠, 교교한 달빛 아래 눈은 퍼렇게 가라앉았다 어느새 가슴속으로 다시 들어온 검정 벌레, 그와 나밖에 없다 세상과의 절연絶緣을 받아들이며 방바닥에 누워 고요한 숨을 쉬는 사이 벌레는 차츰 내 혈관 속으로 녹아들었다

강물로 흐르는

뚝 뚝
지붕 위에서 낙숫물
허기진 듯 떨어지고

동상凍傷 풀린 개울에
흐르는
아직은 시린 물

강은
푸른 속 깊이 모아
억눌린 슬픔으로 흐르고

강물 위
햇빛이 내리며
반짝이는 물살 조각
이빨을 드러내며 잠시 웃는다

너라면

뚫린 가슴 사이로 숭숭 지나가는
겨울바람, 세찬 바람을 맞으며
까닭 모르는 현기증에 기억이 덧칠된다
가리고 싶은 흐릿한 일들이 꾸역꾸역 살아 오르고
수북한 흰 머리카락은 잔설殘雪처럼 널브러져
바람에 실려 포구浦口를 떠나버린 세월의 나룻배를 본다

냉정한 시간을 거역할 순 없어도
과거는 차마 안타까운 표상
펄럭이는 그 밑에서 젖어드는 상실의 허무,

시들어버린 열정을 부끄러워하고
후회의 꾸짖음은 버거운 무게로 누르는데
그래도 바람 속에 던지고 싶은 한마디 말,
너라면 어떡했겠니

달

달,
짙은 고요가
응축되어 떠오르면

낮은 산들의 행렬
퍼런 침묵으로
밤을 지키고

넘치는 시름 밀어내며
부스스 열리는
눈꺼풀

창문을 지나
눈 속으로 들어오는
달

과거로 난 길

왜 이리도 부끄러울까
홀로 숲 속 길 걸으면

길이 길 아닌 듯 오갈 데 없어
주저앉는다

푸른 하늘은 사라지고
미끄러운 돌이끼, 썩은 나무들의 축축함이
숨을 막는다

깜깜한 빈 구덩이
입을 벌리고
저항할 수 없이 빨려 들어가는 몸

속에 아이 하나가 보인다
탁한 수면 위 떠오른
해쓱한 얼굴

그 아이의 죽은 눈빛
멍하니 응시한다

쇠잔한 신음
구덩이 속 감돌아 나온다
귀가 먹먹하다

아이의 얼굴이 내 얼굴에 겹친다

아무도 모르는

아무도 모른다
내 마음을 스치는 바람들을
그것들이 파헤치는 젊은 날의 상처들을

기다린다, 나는
네가 살아 있을 때까지
혹여 마지막 한 번 만날 수 있을까 해서

너를 보면
세찬 물살의 소용돌이에 빠져
끝없는 심연의 어두운 뿌리로

기억에 남은 네 향기를 음미하며
기꺼이 온몸의 힘을 빼고
조금씩, 조금씩 가라앉고 싶다

너를 다시 만나지 못하면

어느 쓸쓸한 날, 혼자
찾아갈 네 무덤

따뜻한 햇볕 모인 한구석에 떨어질
푸른 눈물

덧없이 흘러간 날들이 빚어낸 것들
그날들을 서러워하며 반짝이리니

아무도 모른다
네가 가졌던 그 불꽃의 의미를

겨울나무

비워나간다
나무는
긴 겨울 속으로, 조금씩

떨구어낸 잎사귀들,
뿌리를 감싸며
겨울을 나는 하얀 숨을 쉰다

눈이 오면, 바람이 불면
뚜둑 뚜둑 부러지는 헌 가지들
나무는 더욱 가벼워진다

다 벗은 나신裸身으로
순명의 자세로
엎드려 간구하니

비울수록 차오르는

따스한 충일充溢

저 먼 봄을 향한 기도

노동의 새벽

서릿길로 맞는
새벽
뿌연 숨이 뻗어나간다

젖혀지는 어둠
멀리서 안개로 몸을 감싸고 있는 산
긴 호흡으로 조준한다

단단한 옷차림, 손에는 톱과 낫
싸움터로 나가는 무사의 심정으로
미끈거리는 새벽을 조심스레 밟는다

허황한 지난 저녁의
잡담과 부유浮遊의 소란함
낫질로 찍어 넘기고

옹골지게 들어앉은

고집스런 자아
톱으로 베어 숲으로 던진다

숨 차오르는
새벽의 땀
내의를 적시고 이마 위로 흘러나온다

너덜거리던 의식의 조각들
차츰 퍼즐 맞추기로 조합되고
차갑게 반짝이는 명징明澄함

세상에 미워할 일이 어디 있으랴?
내게 못된 일을 한 사람
내가 못된 일을 한 사람
어림잡아 반반씩

새벽의 힘찬 노동

미움도 분노도 벗어던진
벌거벗은 존재의 무중력
저 멀리 하늘로 나를 던진다

분출 噴出

한 마리 하마가 되어
뿜어 올린다
가슴에 차오르는 슬픔을

뿜어 올린 슬픔
하늘로 올라가며
작은 입자로 쪼개진다

슬픔을 뿜어 올리지 못하면
답답해서
살 수 없으니

하늘을 바라보며
애처로운 눈빛

슬픔의 입자는 공중을 떠돌며
서러운
무지갯빛 일으킨다

가을 벌판

가을 언덕에 서면
마음은
나부끼는 억새풀 따라 움직인다

저 홀로 쇠잔한 소리 내며
서서히 가라앉는
들판

하늘과 바람과 구름과 해가
빚어내는
저 먼 황혼

그곳에 들어가려고 해도 들어갈 수 없는
이승의 때 벗어버리려 해도 할 수 없는
안타까움에 자지러진다

스쳐 지나가는 바람에 맡긴

헐벗고 쇠약한 몸
넋 잃고 있는 사이
어둠의 눈이 빛난다

먼 여행

먼 길 떠나려고
행장을 차리는데

과거는 한 마리 전설의 짐승 되어
가슴을 이리저리 헤집는다

팅겨져 나오는 슬픔이
두욱 두욱
떨어져 내리고

꿈길 속을 걷는 듯
머언 머언
목소리가 부르는데

돌아보면
퀭하니 빈 공간 속
홀로 떠 있는 나

모진 인생길
첩첩이 접어
짐 보따리 속에 가만히 넣는다

가을 햇볕

가을이 되면
햇볕이 아직 살아 있는
들판을 지나
저 언덕 너머 솔밭으로 간다

바람 소리가 물결처럼
일렁이면
바닷물 속에 담긴 생명들이
소나무들 사이로 올라온다

흔들리는 나무들은
바람에 기대어
깊은 울림으로 탄식한다

시들어가는 풀밭에 꾸부리고 앉아
팔로 귀를 막고
온 세상에 퍼진 가을 소리들

찾아 들어가노라면

어머니의 음성이 들린다
애야, 애야
걱정하지 마라
모든 것이 다 잘될 게야

비눗방울로 떠다니는 햇볕
어머니의 목소리는 햇볕이 되어
쭈그리고 앉은 내 등에 소복이 앉는다

무심

이른 봄 어둔 새벽
얼음 녹아 흐르는 소리
사각사각 소각소각

눈 떠 바라보는
희뿌염한 미명
찰나에 스친다

삶과 죽음의 순환
무심無心으로
마주 서는 번뇌

겨울 이야기

동짓달에서 섣달로
겨울이 걸어간다

하늘은 쪽빛에
깨어질 듯 들어차고

얼어붙는 땅
조금씩 가라앉는다

기억 저편 살아나는
먼 이야기들
한 점 온기 찾아
품을 파고든다

겨울 걷는 길
아무도 없는 벌판에서
갈까마귀 우짖는다

초여름 풍경

실잠자리는 한가로이 연잎에 앉고
물이끼를 뜯느라 분주한 붕어
물 위를 미끄러지는 소금쟁이 위로 덮이는
한낮의 정적

희미한 미소를 짓는 백련白蓮
연잎 하나하나에 맺히는 얼굴들
하 그립게 다가서도 모르는 채
물끄러미 바라본다

묵상과 체념의 반복 속에
찾아오는 평온
미풍에 흔들리는 연잎의 흐느낌
물 밑으로 가라앉는데

영글어가는 여름

인연은
여전히 무겁게 누른다

뻐꾸기 소리

첫새벽부터
뻐꾸기는 왜 저리도
우는지

잎사귀에서 맺힌 이슬
굴러떨어지듯
커진 슬픔은
북받쳐 오른다

세상에 아파하지 않는 것이
어디 있으랴
남에게 아픔을 주지 않는 이
어디 있으랴

바람에 이는 나뭇잎 소리에
괴로워했다는 어느 시인의 말
서늘하게 안겨드는데

뻐꾸기 뒤를 이어
멀리 산비둘기 울고
재잘거리는 뭇새 소리들

분주한 일상의 아침
아무 일 없다고 시침 떼며
산들바람으로 스쳐온다

낙엽

떨어질 듯 떨어지지 않던 위태로움
마지막 바람이 쌩 불자 떨어졌다
차갑게 식은 땅바닥
아무도 없었다

이리저리 뒹굴다
발바닥에 밟히고
청승맞은 겨울비에 찢어지고

이 조락의 끝은 어디이고, 무엇일까
무얼 잘못해서 이리 되었을까

펑펑 눈 내리던 날
눈 더미에 갇혀버린 갑갑함
눈이 녹고 땅 밑에 기어들었다

이제 이 긴 고통 끝났을까

모든 것 포기하며 흐려지는 의식

봄이라
올라오는 새로운 생명들
한 치의 쉼도 없는 우주의 순환
생의 마지막 끈 놓으며 빨려든다

위안

미친바람 몰아치던
간밤, 가슴 졸였는데

맑은 하늘이 흐르고
잦아든 바람
흰 꽃이 열린다

천만 가지 마음대로 되지 않는 일
집착을 끊자
일상의 한 점을 향해 모이는 빛
돋보기가 되자

꽃이 떨어진 곳
차라리 위안이 되는 흔적
온몸에 퍼지는 백야의 광선
가벼이 무상無常의 날개 위에 오른다

피는 꽃 옆에서

누군가 다가온 듯
귀가 열린다
귀에 닿는 엷은 숨결
누구의 것일까

호수 위 잠자던 바람
기지개를 켠다

세상 어느 꽃
그대 숨결만 할까

속절없이 무너지는 성城
다시
아득히 멀어지는 입술

2부

늙은 호박

산비탈에 걸린 누런 호박 한 덩이
늙고 꺼칠한 얼굴
부드러운 햇살로
생의 마지막 분칠을 한다

줄기는 말라들고 이 생은 끊어지나
저 생의 준비를 마친 너그러움

어서 날 들고 가소
호박죽이 여간 좋은가요
내 몸 다 먹은 다음
내 안에 든 씨들
아무 데나 뿌려주소

봄날 축축한 땅, 얼굴 내밀 새 생명들
기쁘긴 해도 내 관여할 일 아니다
순명順命으로 이 생의 집착을 끊으며

넉넉히 웃는다

힘 빠진
고추잠자리 한 마리
호박 꼭지에 발을 내리더니
긴 낮잠에 빠져든다

들꽃

나는 들꽃이고 싶다 봄에서 여름으로 지나며 산야에 지천
으로 피는 들꽃이고 싶다 할미꽃, 민들레, 돌배꽃, 엉겅퀴,
애기똥풀, 인동초, 찔레꽃, 아카시아꽃…… 무엇이래도 좋다
들꽃으로 포삭한 땅을 밟으며 하늘과 구름에 안기고 싶다

들꽃 하나하나에 숨긴 누구에게도 말할 수 없었던 비밀,
홍조의 빰에 오금 저린 일들, 괜한 일로 마음 졸였던 그 철
없음, 모두 하얀 향기로 날아가고 어느새 꽃들로 눈부신 들
판을 지나버렸다 찾을 수 없는 유년을 한탄하며 이제 멀리
서 바라볼 뿐인 들판, 가슴에 불이 활활 붙는다

내 마음속 유년의 샘이 하나 생겼다 지친 주름살이 버거
울 때 그 샘에 두레박을 던져 물을 길어 올린다 정갈한 물이
찰랑거린다 물 위에 들꽃이 떠 있다 꽃은 보석으로 반짝인
다 들꽃에 맺힌 눈물이 반짝인다 나는 어느덧 들꽃이 된다

길 가는 대로

먼 산 걸린 구름에
마음을 맡기고
묵은 때 씻어볼까

산비탈 산나리꽃, 여기저기
싸리꽃 무리들
이 땅에 피어왔던
꽃들의 숨결, 맡으며 걸어가는데

등에 진 부끄러움이 어찌 무거운지
제발 저 언덕 아래 바람처럼 풀어놓고
한 떨기 들꽃으로 가벼울 수 있었으면

이 길 다 걸으면
나는 무엇이 되랴

찔레꽃

해마다
메마른 먼지바람 속에
피는 찔레꽃
가슴에 맺힌 한, 감출 수 없이
온몸에 돋아난 가시

하얀 찔레꽃, 하나하나에
담긴 누대累代의 슬픈 전설
타는 목 갈라진 음성으로 뱉어내는데
창백한 하늘이 떨린다

향기의 유혹으로
꽃 속에 빨려들어

세차게 달라붙는
전설의 이야기들
칭칭 감겨 녹아버리는

나는 찔레꽃,
오월의 목마른 비탈에
뿌리를 내린다

산초*

바람이
숲을 훑으니
산초는
엷은 향을 날린다

가까이 다가가
옷깃이라도 스치면
숨 막히는
香

빨간 열매를 따고 싶어
손을 뻗치니
가시로 폭 찌른다

에이, 여자는 다 이런 거니?
문디—야 니가 내 입장 돼봐라

* 산초는 임진왜란 무렵 고추가 전래되기 전에 우리 민족이 널리 양념으로
사용해왔던 것으로 한국의 산야에 지천이다.

오솔길

옷 벗은 나무들 사이
드러난 작은 길
누가 다니는지 모르는 길

겨울 초입
한 해의 마지막 꽃
미역취, 딱 한 송이
길 위에 피었다

꽃은 입을 닫았다

보이지 않는 모습, 들리지 않는 소리
점점이 박혀
길이 나 있다

모란

아니, 모란이 벌써 피었네
그냥 지나쳤으면 어떡했을까 하는,
무르익은 봄을 가지고 싶은 생각에

가던 걸음 돌이켜
자줏빛 먼 바다를 담은
꽃 속을 들여다본다
향기는 혈관을 타고
반짝이며 흐른다

꽃 중의 꽃이라는 모란
화사한 봄의 절정으로 피어나
며칠 못 가
길거리 여자처럼 흐트러진다

이 비극적인 모순의 교차
피하지 못하는 슬픔

민들레

축담 한켠에 곱게 핀 민들레
아침을 목에 두르니
더욱 예뻐라

단정한 촌색시 노란 민들레
낮이 되고, 저녁이 되어도
같은 표정

안에 묻어두는 외로움
겹겹이 쌓이고
고통으로 누르는 무게
한사코 숨긴다

하얀 꽃씨로 날아갈 날
온몸에 힘을 넣고
오직 기다린다

그날이 되어, 생의 마지막 절규
바람아 나를 날려다오
저 멀리, 이곳이 아예 보이지 않게

진달래

봄볕이 좋아, 새소리에 끌려
오른 산, 아니 벌써
여기저기 진달래꽃
허기진 옛날 분홍빛 꽃잎
따다 먹은 일 문득 그리워
꽃잎 하나 따려고 다가가는데
지도 한 생명 나도 한 생명
지가 꽃 한 송이 피워
이으려고 하는 생명
무슨 염치없이
입에 넣으리오

귀한 씨 영글어
이곳저곳 생명으로 퍼지거라

늘그막 그나마 갈무리하려
허우적거리는 나

오늘 따스한 햇살을 잡고 걷는다
등 뒤의 너를 느낀다
봄 하늘로 번져나는 너

봄

동백꽃
떨어지는 소리에
화들짝 놀라

부신 눈으로
올려다본다

물오른 오동나무
연푸른 가지 위, 산비둘기
울다 울다 심심해
떨어지는 햇빛 조각 삼키며
잠이 든다

그래, 벌써 봄이 나른하게 익었구려

이른 봄

허공 속으로 증발하는
터진 매화꽃

희미한 의식
낡은 매화 등걸에 앉아
햇빛 냄새를 맡는데

따스함에 풀려난 기억들
먼 산을 향해 날아간다
이름 모를 꽃으로 반짝이며

춘곤春困에 지친
침침한 눈으로
꽃을 좇는데

만산萬山에 어른거리는
꽃잎들
비처럼 쏟아진다

산수유꽃

산수유, 노란 꽃
숨은 설움들

이른 봄
이 산 저 산에서
터지는
산수유꽃 맑은 웃음

때 이르게 핀 꽃
안쓰럽게 바라보며
눈시울 젖는다

그 옛날 사발에 담긴 조棗밥
이팔二八 어린 나이
시집온 울 엄니
부르튼 손으로 지은 밥

배고파 쳐다보던 하늘
막막한 불안에
소용돌이치던 현기증
그것도 꽃처럼 노랬으니

사람도 가고 사연도 가고
쌓이는 세월 속에
나는 어머니가 되고
어머니는 산山 무덤이 되고

무덤 위로 불어온다
노란 산수유꽃
슬픈 웃음

귀토 歸土

하늘에 뚝 멈춰버린 여름 해
더욱 강한 빛살을 내려보내려
안간힘을 쓰는데

산언덕 시원한 바람
조용히 일렁이며 건너와
헐떡이는 개의 이마를 훑고 간다

절정에 이른 짙은 녹색
이제 머지않아
갈색으로 바뀌리니

떡갈나무 잎이 떨어지고
미루나무 잎이 포개어지고
대나무 이파리도 섞여

쌓인 잎들이 뱉어내는 흙냄새

묻힌 내 뼛가루도 같이 썩어
한데 모여 함께 흙으로 돌아갈 터

중천에 뜬 매 한 마리
긴 여운의 원을 그리다
뜨거운 해와 함께 정지한다

문답

아침에 함초롬히 피어난 나팔꽃에게 묻는다
너는 왜 이렇게 예쁘게 피어났니?
햇빛이 눈부시잖아……

물 위로 고개 들어 하이얀 꽃잎을 편 백련에게 묻는다
너는 왜 이렇게 맑게 빛나니?
네가 그렇게 볼 따름이지

연못 위를 열심히 지그재그하는 소금쟁이에게 묻는다
너는 뭐가 그리도 재미있니?
응, 그래 이렇게 사는 게 내 팔자야

시원한 바람이 나무들 사이를 지나오고
오후의 현기증은 서서히 달아올라
온통 매미 소리로 바뀐다

나팔꽃, 백련, 소금쟁이 모두에게 묻는다

너희들은 그냥 그렇게 살아도 괜찮니?

응, 우리는 단지 우리에게 주어진 삶을 살 뿐이야

3부

경주 서천西川

강은 언제나 넉넉하다
흘러드는 사연들 보듬으며
슬픔과 원망을 풀어헤친다
뿌연 물안개 띄운 강물의 술렁거림은
바로 그 소리다

강을 끼고 사는 사람들은 강에 의지하며
조금씩 강을 닮아간다

오래 닳은 세월로 위엄 성성한 소나무들
헤치고 남산을 오른다
유장한 역사를 녹여
느릿느릿하게 흘러가는 강
서천이 보인다
남산과 선도산 사이에 탯줄로 늘어진 강자락
멀리 서방정토로 이어진다는 서천
숙성하는 가을이 강물에 비치며

환한 자비로움의 아우라가 넘실댄다

이제 더 이상 버릴 것도 바랄 것도 없이
오래 억눌린 오열이 슬픈 눈길로 변해버린
한 사내
그가 물끄러미 바라보는 서천
그곳에 몸 담그고 싶다,
강의 이름을 빌려 다시 태어나고 싶다

서천은 안다
삶이 결코 맑고 터진 바람으로
지나갈 수 없다는 것을,
가슴에서 새어나는 한숨과 한탄
그 속에 일상이 자리 잡는다는 사실을
그래서 그를 포근히 안아줄 수 있다
그에게 흔들리는 억새풀의 지혜를 보여줄 수 있다

멀리 길게 흐르는 서천
덕지덕지 묻은 애상哀傷의 때를 씻어주고
평화와 너그러움을
입속으로 불어넣으며 말한다

삶이 바로,
깊고 푸르게 그리고
길게 흘러가는 강이라고

경주의 달

경주 하늘에는
언제나 허연 조각달이
걸려 있다

구름으로 숨을 들이켜며
교교하게 빛나는 조각달

구름을 먹은 달
경주 온 산하에
메밀꽃밭을 토해낸다

경주 하늘에는
구름을 먹은 조각달이
천 년을 이어오고 있다

황룡사 옛터

황룡사 옛터에 가면
주춧돌 가운데 홈, 고인 물
언제나 마르지 않는다

벌판에 쏟아지는
별빛, 달빛 다 모아 담아
물로 고였을까
신라의 마지막 혼령인 양 숨 쉰다

하늘 덮은 갈까마귀 떼
벌판에서 우짖는 소리
묶인 시간의 다발을
풀어낸다

순간의 영욕들은 죄다 잊혀지고
이어진 역사, 뿌연 낮달로 떠
아득한 저 하늘 속

번화했던 거리들의 잔상이 꿈틀거리고
거친 외군外軍의 함성이
불탄 나무로 쪼개진다

칠층탑 닳은 주춧돌 위에서
바라보는 벌판
풀섶은 계절의 찬 입김을 받아
성긴 머리카락 너풀거린다

나 이제
조용히 숨 모으며
빛바랜 역사를 들이켜면
석양에 홀로 늘어진 그림자
길기만 하다

고란길

길고 긴 고란마을
접어드는 모퉁이 산길
꽃비 내려오듯, 어뜩한 봄의 광선에
몸을 맡기고 서 있다

유년의 새까만 설움
짙은 우수에 눌려 숨 막히던 청춘의 날들
어지러이 휘둘렸던 패잔의 기록들
굽이지는 고란길에 깔린다

내려다보이는 길 위엔 인적이 없고
멀리서 들리는 차 소리에
약간의 흔들림, 하지만 언제나 그렇듯
입 사이로 흐르는 낮은 실망
흐릿한 유폐幽閉의 졸음에 눈이 감기는데

저 길을 벗어나

내 길을 가야 할 텐데

길 앞에 기다리는 낯섦에 다시 얼굴을 돌리며

갇힌 일상을 위무慰撫하는 햇볕 속에

여전히 서 있는 나

겨울비

비가 온다
경주 광명동, 고란 산골에
비가 온다

언제부터 내리는지
새벽녘에 양철 기와를 두들기는 소리
잠이 깨어

산 아래 마을
흐릿한 전봇대를 적시는 비

야위어가는 겨울나무들
우두커니 서서
산봉우리에 걸린 물안개 쳐다보는데

떠나지 못하고 홀로 산골에 남아 있는
내 마음
빗물 따라 산길을 내려간다

4부

밤을 달린다

파열하는 가슴을 추스를 수 없어
거센 바람이 밤을 질주한다

도로를 가르고, 산을 가르며
무한궤도 속으로 나아간다
먼 산 산벚나무 무리
허옇게 질리며
갈라지는 공간을 쳐다본다

거짓과 오욕의 땅 뒤로 둔 채
모든 힘을 다해
오늘, 길을 달린다
찢어진 심장에서
피가 철철 솟더라도
더 이상 참을 수 없어
한사코 밤으로 내닫는다

길을 달리다 쓰러지면
원망과 분노의 마음
다 삭여내지 못한 채
축축한 산안개처럼 퍼져나가겠지
죽은 몸 위에 제발 저주를
던지지 말아다오
작은 한 조각의 이해를 베풀어다오
너와 똑같이
살며 좌절하였던,
그러다 미쳐버린 한 사람에게

하늘로 올라가리니
살아 이룰 수 없었던 꿈
안개로 푸른 잎사귀들 적신 뒤
다시 땅 위로 내려올 땐
뿌리까지 스며드는
굵은 빗방울이고 싶다

부서져 사방에 흩어지는 달빛
흔들거리는 별들의 호흡
품 안에 넣고 함께 달렸는데
그들은 다가오는 새벽을 느끼며
차츰 흐릿해진다

마지막으로 향하는 예감 속에서
거칠게 번져나가는
침묵의 흐느낌
내 발길은 무디어지고
번득이는 현기증 속에서
천천히 주저앉는다

창문은 여전히 바람 소리를 내고

바람 부는 창가에
햇살이 똬리를 틀고 앉았다

낡은 창문이 뱉어내는
덜컹덜컹하는 소리
저 멀리 보이는 황량한 벌판

터벅터벅 걸어가는 군상群像
마른 입술, 핏기 없는 표정
세찬 흙바람 속에서
그들은 서서히 화석으로 굳어가리라

끊임없이 돌아가는 이 거대한 세상
무한경쟁의 원리가
세상을 마구 돌리는데
누구도 왜 그래야 하는지 이유를 모르는 채
작은 느낌이나 애착은 쓰레기로 떠돌고

무미건조한 구호와 탐욕이
땅을 쿵쿵 다진다
살육된 약자의 살을 모아
새로이 창출된 이윤이라고 칭송하며
화려한 바벨탑 앞 제물로 바쳐진다

견뎌낼 수 없이 지친 사람은
냉담과 낙망이 응축된 화석으로 바뀌고
그 무거움과 함께
서서히 원심력으로 이탈한다
가슴에는 패잔과 낙오의 낙인이 찍힌 채

쫓겨난 자여!
세상에 대한 원망은
차츰 망각의 늪 속으로 빠져들어 가고
보잘것없는 자신의 존재에 대한
긍정으로 이어지리니

세월은 부드러운 안식의 손이 되어
흐느끼는 가슴을 어루만지리라

창문은 여전히 바람 소리를 내고
늙은 햇살은 슬프지만 따뜻하게 다가온다

나 바위로 살지니

지구의 130만 배 크기인 태양을 지름 15센티미터의 공으로 바꾸었을 때 다음 별이 있는 곳은 여기로부터 로스앤젤레스, 우주는 대부분 빈 허공이다 그런 별들이 지구 상에 있는 인류 수에 한 사람 한 사람이 가지고 있는 세포 수를 곱한 만큼 존재한다고 한다 그럼 우리가 인식하는 우주 바깥에는 무엇이 있나? 어쩌면 또 우리의 상상이 미치지 않는 다른 차원의 우주가 있을지도 모르고……

마음이 답답할 때 하늘을 보면 큰 위안이 된다
우리는 모두 찰나의 시간을 흐르는 여행자
여행의 전과 후에 우리는 무엇으로 존재하는가
내가 느끼는 모든 것, 그냥 수면 위의 작은 물비늘
고요하게 반짝이며 흡착을 거부하고
따뜻한 대기 속을 향해 올라가
우주에 귀일하며 흔적 없이 사라진다

센노리뀨 千利休가 도요또미 豊臣의 명으로

셉뿌꾸切腹*할 때 내리던 꽃비,
오늘 흐린 눈앞을 가리는데
세상의 영고성쇠가 그와 같거늘
허무에 지쳐 가물거리는 의식을 매만지며
미이라처럼 속을 들어낸다
이 작은 가슴에 쌓인 희비들을
억겁에 걸쳐 내려오는 우주의 침묵
그 자리에 조금씩 채운다

침묵을 끌어안아 삭히는 바위
오직 먼 하늘을 응시하는 바위가 있으니
세월의 풍우가 스쳐 가며 불어넣는 우주의 마음
끊임없는 탈각脫殼을 거쳐
애련哀憐은 화석으로 들러붙고
무상無常은 바람의 안을 꿰뚫으며
바위는 바로 살아 있는 우주이어라

지천으로 흩어지는 꽃세상에 흔들리지 않고
고독과 영욕의 부침浮沈에 지치지 않고
절대의 지평선을 바라보며
모든 것 바쳐 우주에 합쳐지려는
나, 그런 부동不動의 바위로 살아가고저

* 센노리큐는 조선인 3세로 도요또미 히데요시(豊臣秀吉)의 다도 스승이자
일본 다도의 창시자였는데, 임진왜란 한 해 전에 도요또미의 명을 받고 자
결한다. 그의 죽음은 일본 역사상 '권력과 예술'의 대립으로 회자되어왔다.

118

체념

쓸쓸한 바람을 타고
일렁거리는 모습들
먼 세월의 부침에 담겨 있는데

부질없는 삶인들 어찌하며
제대로 된 삶인들 어찌할까

바람에 실려 왔다
흩어지는 바람에 잠겨
홀연 사라진다 해도

높은 산 세찬 바람 부는 곳
망부석 되어
체념의 먼 바다를 내다본다

힘든 무게

고단함만큼이나
무겁게 깔리는 새벽안개

안개는 멀쩡한 세상을 의문투성이로 만든다
가둘 수 없는 불안
초조하게 달린다

안개에 가린 세상이 진짜인지도 모른다

화창하게 맑은 세상이 숨긴 거대한 위선과 폭력
여차하면 아무렇지도 않게 튀어나온다
엄청난 무게의 통증을 안기며
실실 웃는다

한 떨기 들꽃처럼
피었다 시드는 삶
누군들 그리 말하는데

누구도 그처럼
살 수 없다는 것을 안다

안개가 끼건 해가 비치건
언제나 가볍지 않은 삶

우리들의 봄

봄을 알린다
개나리 코끝에 노랗게 달린 종鐘이
땅바닥 위로 번지는 축축한 물 자국이
공중을 가득 채우며 퍼져나가는 새들의 조잘거림이

봄은 봄이래서,
얼어붙은 사슬에 묶인 마음이 풀려나
노란 유채꽃밭 위
나비의 부신 날개로 날아다니고 싶은데

고즈넉한 언덕에 서서 바라보는
아직은 헐벗고 가난한 나무들
부패와 폭력에 여전히 찌든 세상
봄은 왜 한꺼번에 다 오지 않을까

가장 작은 자, 힘없는 자의 가녀린 소망이
얼음 꺼진 개울물로 흐르는 봄

사랑하는 사람의 얼굴을 그려
산들바람에 날릴 수 있는 봄
우리 모두의 봄은 어린아이의 눈망울에 담겨 있다

호박잎

불 같은 뙤약볕이 넘실거리며
한여름을 핥으면
황토 먼지 뒤집어쓴 호박잎
지쳐 현기증을 낸다

이때가 지나면 새날이 오고
축축한 대기 사이로
다시 잎사귀 펴질 날을 기다린다

고통의 갈고리가 몸을 겹겹이 에워쌀 때
헛기침 속에 샛노란 갈증으로 비틀거릴 때도
천대하며 내리까는 시선이 몸에 꽂힐 때에도

아득한 전설 속 용감한 전사戰士처럼
차가운 눈과 뜨거운 심장으로
자유의 먼 깃발을 바라보며
새로운 세상을 꿈꾼다

기다리던 날은 반드시 오고
새날은 인내의 희망에 답하며
빗줄기를 뚝뚝 떨어뜨리니

천지를 감싸 안는 모태母胎의 우주
충만한 생명의 기운을 따라
오그라든 호박잎
억센 힘줄을 불끈거리며 열린다

여름 태양

높은 구름 아래
나무들은, 풀들은
저마다 태양을 향해 발돋움한다

태고로부터 내려온다는
인간사의 정연한 질서

탐욕과 위선에 가득 찬
기득권 세력
창이 되어 찌르고
모진 냉혹함을
방패로 하여 접근을 막으니
저마다 상처 입은 짐승이 되어
으르렁거린다

정의正義는 대체 어디에 있고
우리는 왜, 무엇을 위해

이렇게 버둥거리며 살까?

목구멍 속에 불붙는
참을 수 없는 답답함

뜨겁게 용해시키는
용광로에 뛰어들어 가
벌건 쇳물로 콸콸 흘러나와
세찬 담금질을 거치고 싶다

멀리 내다보이는
자연의 위대한 질서
만물을 충실하게 하는
여름 태양의 너그러움

오! 청솔밭
휘감아 오는

바람에게 청하노니

나의 분별없음을 탓하지 말고
가득 실어 온
나무들의 방향芳香을
내 몸 헤진 상처 위에 뿌려다오

천안함 순직 장병들에게 바치는 조시

봄이 왔으되 봄 같지 않다는
오랑캐 땅 시집간 왕소군王昭君의 마음
싸늘하게 굳어 부스러지고

산수유가 피고
개나리, 벚꽃이 따라 피어도
우리들 가슴은 희미한 잿빛으로 물들어가려니

무너져 내린 기왓장 사이로 보이는
흐린 하늘
동강 난 천안함의 함미가
구름으로 떠 있다

그대들의 젊은 영혼이 있었음에
우리가 행복했음을
그대들의 늠름한 기백이
우리들을 지켜주었음을

그대 영령들이여
삭막한 오랑캐 땅
동족상잔의 이 땅을 벗어나소서

회오리치는 바람으로
천둥 우르르 울리는 번갯불로
높이높이 오르소서
흐느끼는 우리 모습 돌아보지 마소서

그대들 희생을 결코 잊지 않으며
그대들이 남긴 발자취를 따라 걸으리

언젠가
이 땅에 다시 찾아올 봄날
양지바른 언덕에
눈부시게 화사한 꽃밭
너울거리는 나비로 그곳에 돌아오소서

어떤 느낌

종강 후의 나른함을 안은 채
시들어가는 한 해를 내다본다
연구실 창가에서
비스듬히 몸 기울여 맛보는 해방감

멀리 형형색색의 차들은
의미 없는 왕복을 반복하고
유리창 너머 차 소리
규칙적인 화음으로 평온함을 안긴다

햇살은 이제 반짝이지 않는다
그냥 온유한 자세로
창문에 살을 문지른다

가슴속 쓰린 벌레들
헤집고 기어 다니지 않으니
제 힘이 다해 숙진 것이면 얼마나 좋을까

이렇게 삶이 마냥 지속되었으면 하는 욕심

있는 둥 마는 둥
무게를 잃어가다 해체되는 몸
연구실 안에
투명한 공기로 퍼진다

겨울 소리

찬 바람이 모질게도 쌩쌩 부는 날
헐벗은 나무들은 부들부들 떨고 새들은 마른 풀잎 사이
로 몸을 숨긴다

바람이 고엽을 쓸어내고 흙먼지를 공중으로 날릴 때
나는 집 안에 들어앉아 무기력하게 무표정한 눈으로 세
상을 내다본다

차가운 바람보다 더욱 칼날 같은 사람들 마음에 들어찬
냉기를 느끼며
거기에 적응하지 못하는 자신의 어눌함을 책하며
마주 서지 못하고 도망가려고 하는 비겁함에 질리며
겨울 한낮은 차츰 기울어간다

태양이 산마루를 넘어가며 빛을 잃고
산이 감추어둔 어둠이 어느새 산을 넘어와 세상에 퍼지고
어둠이 깐 정밀靜謐의 숨소리가 굴뚝 연기 따라 낮은 하

늘로 오르고

이제는 저 처절한 생존의 다툼이 잦아들길 기대하니
땅 위를 뒹구는 보잘것없는 낙엽에도 약간의 휴식을 다오
어린 옛 시절 멀리서 들려오던, 아버지와 함께 듣던 기
차 바퀴 소리가 들린다

숙인 머리 속에 별들이 박히고
이곳이 어드메냐? 바람도 잦아지고 사물의 분간도 사라
졌는데
나는 다만 엎드려 들릴 듯 말 듯한 그리운 소리를 찾아
귀를 기울인다

호텔 레인보

들뜨는 서울을 향해
노량진에서 삼각지를 지나
서울역으로 올라가는 철도 옆
서 있는 호텔 레인보
우중충한 겉모습에 벌건 색칠
아마 삐걱거리는 낡은 계단과 냄새 깔린 복도
햇빛 잘 들지 않는 방에 놓인 낡은 TV

어두운 이빨로 찍어내는 불륜이든
값싼 청춘의 하릴없는 연소든
절정에 오른 뒤
깨닫는 남루한 인생
철길 오물로 던지고
닦고 씻고 주워 입고 나온다
아무 상관 없다는 듯 뒤를 돌아보지 않고
일 초라도 빨리, 허둥거리며 거리를 지른다

그들을 흡입하는 서울 거리
쇳가루 먼지 날리는 허공
일상의 자욱한 안개는 힘겨운 중력이다

뒤집힌 속이 게워낸
벌건 물 뒤집어쓴
호텔 레인보

서울은 무지 멋진 무지개다

눈 내린 후

눈 내린 거리는 일그러진 표정이다

지상에 내려올 때의 황홀한 호흡
죄다 숨어버리고
종일 뒤집어쓰는 흙탕물
엉겨드는 맨몸

멀리 별이 반짝인다
아, 배반의 별
가까이 다가설 수 있다는 믿음을 주어
그 믿음에 의지해 다가선 젊은 날들
여전히 별은 혼자다

별이 비추는 골목엔
시커멓게 변색된 눈
전봇대에 갈긴 소변 얼어붙었다
밤바람은 더 거세지고
눈은 더 이상 우리 마음에 없다

5부

어린 막내딸에게

울지 마라, 애야
슬픔은 잠시 와서 지나가는 것

네가 울 때
네 눈물은 시퍼런 강물
자책에 오그라든
내 숨을 틀어막는다

네 흐느낌에
절망의 팔랑개비가 되어
저 깊은 낭떠러지로 떨어지는 나

슬픔이 지나간 자리
깔리는 정갈한 햇빛
햇빛이 네 가슴에 닿으며
조금씩 키가 커진단다

애야, 이제 눈물을 닦고
아무 일도 없었던 눈으로
나를 봐다오

회한 悔恨

새벽에 일어나
책상 앞에 앉으면
지나간 일이 자꾸 생각난다

잠이 덜 깨
흐릿한 머릿속
흐르는 시냇물

아이들 일, 주변 일들
그냥 무심하게 흘러가고

무심코 창문을 바라보면
눈가에 맺히는 이슬들

나뭇가지 사이 이파리들은
이슬을 떨어내는데

내 마음 한가운데 박힌 회한悔恨들
가실 줄이 없어라

반복

이제 막 날갯짓하려는 아들에게
넥타이 매는 법을 가르쳐준다
그 옛날 아버지가 텁텁한 냄새의 입김으로
나에게 가르쳐주었던 똑같은 방법
아버지와 달리 몇 번이나 실패를 거듭한다

구부려 올려다보는 아들의 어깨 너머
그가 겪어나갈 신산辛酸의 세월이 겹겹이 둘러섰다

네가 생각하는 것 이상 훨씬 더
세상은 차갑고 무섭단다

내 힘 한 점 소용없을 때까지
네 기력을 돋울 군불이 되고 싶건만

이미 달빛이 된 아버지
나도 곧 달빛으로 오른다

아들은 그 아들에게 넥타이 매는 법 가르치며
그 옛날 자신의 숨결과 닿았던 내 숨결을 기억하리

생의 반복은
엄숙하고 슬픈 되새김이다

부전여전 父傳女傳

시든 풀잎이 마구 바람 소리를 내던 날
막내딸에게 물었다

애야 왜 요즘 아빠에게 이토록 쌀쌀맞니?
아이의 대답은 늦가을 바람이 되어 목을 훑었다
뭐가요

네가 이러는 게 꼭 아빠가 할머니에게 한 것 같구나
뭐가요

네가 나이 들면 얼마나 후회하는지 모른단다
아이는 비로소 고개를 들었다
아이의 눈빛이 밝아졌다

방 안은 따뜻했다

146

영원과 은일, 그리고 합일의 정신

손진은 **시인·경주대 교수**

시집 『산방에서』 원고를 받고 차일피일하는 사이에 어느 새 훌쩍 달포가 지나가 버렸다. 그동안 필자는 같은 지역에 살면서도 신평 교수와 개인적으로 교류하는 시간이 부족했다는 생각이 들었다. 다만 그가 한국 최고의 대학에서 법학을 전공했고, 사법시험에 합격하여 법조계가 알아주는 판사와 변호사 생활을 지냈으며, 대학 강단에서 후학을 양성하고 있다는 사실 정도를 알고 있었다. 이번 시집 출간을 계기로 일주일에 한 번쯤은 만나서 식사도 하고 예술에 대한 서로의 생각을 교류하면서 그동안 그를 얼마나 피상적으로 알고 있었는지 알게 되었다. 지난 수십 년간 그는 정말 잘나가는 법조인이었고, 국회가 제헌절 60주년 기념식에서 국민 대표로 선정하였다. 유창하게 다른 나라의 말들을 구사하며 적어도 아시아권역에서는 인정받는 헌법학자이다. 이렇게 남부럽지 않은 삶을 살아왔지만, 그 이면에는 생의 굴곡과 고단함도 적지 않았다. 십수 년 전부터 그는 번거로운 생활의 허울을 하나씩 벗는 과정을 거쳤다. 남들이 부러워하는 직위와 많은 수입을 훌러덩 벗어던졌다. 자녀들을 위한 좋은 학군과 생활의 편리를 마다하고 시골에서 안분지족의 삶을 살아가고 있다. 마치 관직을 버리고 향리의 전원으로 돌아와 문 앞에 다섯 그루의 버드나무를 심어놓고 즐긴 도연명처럼.

'심허心虛산방'이라 이름 붙인 고란 산기슭의 집은 번잡한 도시의 삶을 벗어나서 그가 고요와 침잠 속에서 내면의 순수성을 회복하기 위해 마련한 거처이다. 그곳은 예순을 바라보는 나이에 "뒤를 살피고 찬찬히 앞을 내다"보는 성찰의 공간으로 자리매김한다. 이 시집은 고란마을의 외딴 곳 '심허산방'에서 쓰인 간결하고 단단하고 명징한 시편들로 짜여 있다. 이제 그가 펼쳐놓은 산방 시편들의 면모를 따라가 보기로 한다.

1. 세대론적 시각과 영원의식

사람의 본모습은 깊은 밤, 아무도 없이 혼자 있을 때 드러난다. 그 순간에는 사람들 사이에 섞여 있을 때 그들과의 관계 속에서 오는 삐걱거림과 긴장, 그리고 눈치 보기가 없다. 의무와 간섭이 없다. "산속 바위틈에서 늙어도 외롭다 생각하지 않는다"라는 구절이 떠오른다. 산방에서의 삶은 일상과는 다른 차원의 양상을 보인다. 공간도 지상과 하늘로 연결되어 있고, 시간적으로도 자신의 삶을 생과 사 양극단으로까지 밀고 가기도 한다.

검푸른 하늘강 위
흐르는 달구름

구름에 가려도
달은 홀로 빛나고

멀리서 들리는
산짐승 소리
구름에 닿아 부서지는데

산방山房에 앉아
내다보는
삶과 저승의 흐릿한 경계

고요한 하늘강에

몸 담그어

때를 씻는다
　─「산방山房에서」 전문

　표제 시이면서 시집의 서두를 장식하고 있는 시이기도 하
다. 아울러 언어의 균제미와 여백, 높은 서정성을 갖추고 있
다. 이 시에서 하늘은 물(강) 이미지로 묘사되어 있다. 그곳
에서 달구름은 흐른다. 그러나 지상의 것은 흐르지 않는다.
딱딱한 이미지다. 그것은 "산짐승 소리 / 구름에 닿아 부서"
진다는 데서 나타난다. 지상의 것이 하늘의 것에 닿아 파문
으로 번지며 온 우주로 연결된다. 거기서 화자는 유한자의
입장에서 "삶과 저승의 흐릿한 경계"를 생각하며 무한("고요
한 하늘강")에 "몸 담그어" 세속의 "때를 씻는다". 우리는 4연
"삶과 저승의 흐릿한 경계"라는 말에 낯설어 한다. 왜 화자
는 고요한 시간에 혼자서 이승과 저승, 삶과 죽음을 생각했
던 것일까? 시의 문맥과는 어떻게 연결되어 있는 것일까? 우
리는 2연 '달'의 이미지에 주목할 필요가 있다. 달은 이승을
뜬 아버지와 관련된다. 달은 홀로 떠서 지상에 남은 아들,
시적 화자를 보고 있다. 저세상의 분들은 이 세상을 방문할
때 언제나 말씀도 없이 지긋이 와서 보다가 무연한 표정으로

150

가시곤 한다. 그게 바로 이승과 저승의 경계일 것이다. 이제야 우리는 "삶과 저승의 흐릿한 경계"라는 말을 수긍할 수 있다. 이는 시집의 마지막을 장식하고 있는 아래 시에서도 드러난다.

이제 막 날갯짓하려는 아들에게
넥타이 매는 법을 가르쳐준다
그 옛날 아버지가 텁텁한 냄새의 입김으로
나에게 가르쳐주었던 똑같은 방법
아버지와 달리 몇 번이나 실패를 거듭한다

구부려 올려다보는 아들의 어깨 너머
그가 겪어나갈 신산辛酸의 세월이 겹겹이 둘러섰다

네가 생각하는 것 이상 훨씬 더
세상은 차갑고 무섭단다

내 힘 한 점 소용없을 때까지
네 기력을 돋울 군불이 되고 싶건만

이미 달빛이 된 아버지

나도 곧 달빛으로 오른다
아들은 그 아들에게 넥타이 매는 법 가르치며
그 옛날 자신의 숨결과 닿았던 내 숨결을 기억하리

생의 반복은
엄숙하고 슬픈 되새김이다
―「반복」 전문

  참 따뜻하고도 단정한, 그리고 이 땅에서의 삶과 저승에서의 삶, 나아가 '영원'에 관한 명상까지 이어주는 작품이다. 이 시의 5연 "이미 달빛이 된 아버지"라는 구절이 「산방山房에서」의 "구름에 가려도 / 달은 홀로 빛나고"와 대응을 이룬다. 시인이 이승과 저승을 생각하고 있는 가장 큰 이유는 '아버지와 나'의 관계가 '나와 아들'의 관계로, 또 '아들과 그 아들'의 관계로 면면히 이어진다는 데 있다. 이 "생의 반복" 때문에 이 땅의 모든 아버지들은 열심히 일을 하고 돈을 벌어 부지런히 자식들을 건사한다. 이 세대 간의 연속성이 아버지들이 살아야 할 가장 뚜렷한 이유이다. 아들에게 넥타이를 매어줄 때 아들에게 닿는 아버지의 숨결은 세대를 이어주는 가장 따뜻한 끈이 된다. 그것에는 자식의 장래, "그가 겪어나갈 신산辛酸의 세월"을 염려하는 아버지의 안쓰러움이 묻어 있다. 그래서 이 땅의 아버지는 자신의 "힘 한 점 소용 없을 때까지" 자식의 "기력을 돋울 군불이 되고 싶"어 한다. 이 일들은 아버지와 아들 사이에 영원히 이어질 행위이다. 그리하여 이 반복될 행위는 "엄숙하고 슬픈 되새김"이 되는 것이다. 이 작품뿐만이 아니다.「부전여전」에는 "얘야 왜 요즘 아빠에게 이토록 쌀쌀맞니? / 아이의 대답은 늦가을 바람이 되어 목을 훑었다 / 뭐가요", "네가 이러는 게 꼭 아빠가 할머니에게 한 것 같구나", "아이는 비로소 고개를 들었다 / 아이의 눈빛이 밝아졌다", "방 안은 따뜻했다" 같은 구절이 있다. 따사로운 정감이 넘치는 한 폭의 그림. 아버지가 할머니에게 한 행동이 한 세대를 지나 딸이 아버지에게 하는 행동으로 유전된다는 것이다. 이런 유전 때문에 우리 삶은 의미가 있고 화기가 도는 게 아닐까. 아버지와 딸 간의, 싸늘함이 따스함으로 녹아나는 아름다운 한순간이 스냅사진처럼 찍혔다.「산수유꽃」역시 어머니를 향한 사모곡이다. "배고파 쳐다보던 하늘 / 막막한 불안에 / 소용돌이치던 현기증 / 그것도 꽃처럼 노랬으니 // 사람도 가고 사연도 가고 / 쌓이는 세월 속에 / 나는 어머니가 되고 / 어머니는 산山 무덤이 되고 // 무덤 위로 불어온다 / 노란 산수유꽃 / 슬픈 웃음" 어머니는 열여덟에 시집을 와서 부르튼 손으로 조밥을 짓고, 드시지도 못하고 꽃처럼 노란 현기증을 토해낸다. 이제 내가 어머니(부모)가 되고, 어머니는 산 무덤이 되었다. 그때 무덤 위로 노란 산수유의 슬픈 웃음이 겹쳐져 온다. 여기서 정작 더 중요한 것은 부모와 자식, 손자 손녀의 일은 꼭 그대로 유전된다는 것, 이것이 우리 삶의 질서를 이루며 순환된다는 것이다. 그것은 얼마나 훈훈하고도 따사로운 일인가. 신평 시인은 영원을 가족에게서 건진다. 그것은 그의 개인사만은 아닐 것이다. 이런 그의 시는 형상은 담백하나 깊은 울림이 깃든다. 이 땅의 모든 가족들에게 영속될 가치로 수렴된다. 인간사의 가장 깊은 이치를 통찰하는 눈을 통해 만들어낸 성과라 할 수 있다.

2. 은일, 그 초연과 불안의 양가성

신평 시인의 '영원'은 아버지와 아들, 선조와 후손의 세대론적 시각에서 탄생한다. 그것은 한국인들이 체내에서 갖는 보편적인 시각과도 닮아 있다. 제사 의식은 바로 산 자와 죽은 자가 만나는 시간이고 죽은 자의 후손들이 영원히 선조를 기리는 시간이 아닌가. 그때 과거와 미래는 항상 열려 있다고 할 것이다. 그러나 사람은 세대론적으로만 사유할 수는 없다. 그것보다는 더 많이 현재의 자신을 응시하며 살아가야

하는 존재이기 때문이다. 앞에서 밝혔듯 시인은 그동안의 번잡과 소요의 일상에서 과감하게 '산방'이라는 자신의 공간으로 물러갔다. 이른바 은일隱逸의 삶이 시작된 것이다. 그러나 이 은일의 삶이 "봄논 속의 해오라기나 가을 숲의 이름 없는 꽃과 같이" 그곳에 동화되며 흔들리지 않는다면 얼마나 좋을 것인가? 처음부터 그런 상태에 들어간다는 것은 쉽지 않은 일이다.

백색으로 뒤덮인 세상, 마을로 내려가는 길은 끊어지고 눈 속에 갇혀 있던 날 청솔가지가 뚜욱 뚝 부러지고 댓잎은 풀 죽어 바닥으로 깔리던 날, 일렁거리는 바람 저편, 희미하게 들려오는 소리에 맞춰 가슴속에 생겨난 검은 벌레 한 마리, 소리가 커지며 자라나는 벌레, 급기야 눈에 힘을 주어 떡 버티고 앞을 노려보는 벌레, 무서움에 질려 부들부들 떠는 몸에서 힘이 빠져나갔다 창백한 얼굴로 산 밑의 벌판을 바라보는데 가득 찬 눈이 몸 위를 덮쳐왔다 벌레는 눈더미 위에 올라가 날카로운 앞 발톱을 들어 내려칠 듯이 위협했다 너는 누구니? 벌레를 향한 외침은 자다 깨어 지르는 소리처럼 입 안에서 우물거렸다

기진맥진한 사이에 해는 지고 사위四圍를 덮는 어둠, 교

교한 달빛 아래 눈은 퍼렇게 가라앉았다 어느새 가슴속으
로 다시 들어온 검정 벌레, 그와 나밖에 없다 세상과의 절
연絶緣을 받아들이며 방바닥에 누워 고요한 숨을 쉬는 사
이 벌레는 차츰 내 혈관 속으로 녹아들었다
　　―「검정 벌레의 의미」 전문

　시인은 지독히도 많이 눈이 내린 상황을 이야기한 다음 '벌
레'라는 시어를 반복하면서 그 벌레와 자신의 대면을 극적으
로 서술하는 형식을 취하고 있다. 여기서 눈의 차가움과 단절
성은 "달빛 아래 눈은 퍼렇게 가라앉았다"라는 표현 속에 적
절하게 드러난다. 희다 못해 퍼런 눈은 보는 이를 압도할 뿐
만 아니라 어떤 공격성마저 갖춘다. 나의 내면으로 이동하면
서 벌레를 자라게 한다. 벌레는 현상적이고 가시적인 것이 아
니다. "가슴속에 생겨난 검은 벌레", "소리가 커지며 자라나
는 벌레"이다. 이러니 우리는 그 벌레를 자아의 어두운 측면
'불안'의 형상화로 정리해도 무리가 없을 것이다. 타자와의
격리는 필연적으로 불안을 동반한다. 불안의 내면화 과정은
특히 극적으로 묘사되어 있는데, 마을로 내려가는 길은 끊기
고 댓잎은 바닥으로 깔린다. 그때 가슴에 벌레 한 마리가 생
겨나서 나를 노려본다. 나는 그 눈빛을 이기지 못하고 산 밑
의 벌판을 내려다보지만 눈은 덮쳐오고 벌레는 앞 발톱을 내

려칠 듯하다. 시적 화자는 벌레에게 소리친다. 너는 누구인가? 네가 나인가? 그러면 너는 도대체 누구란 말인가……? 그러나 그 소리는 발설되지 못하고 안으로 사그라들 뿐이다. 2연에서 자아는 불안을 극복하고 정체감을 찾으면서 "세상과의 절연絶緣을" 수용하는 단계로 나아가고 있다. 자아는 흔들리는 마음으로 표상된 벌레를 혈관 속 깊은 곳으로 잠재우면서 평정한 마음을 회복하고 있는 것이다. 그에게서 나왔다가 다시 들어가는 벌레는 세속과 절연된 순수한 상황에 동화되어가는 과정을 효과적으로 묘사하기 위한 그의 시작 방법이라고 볼 수 있다. 이런 양가성兩價性의 감정을 삭혀나가는 모습은 그의 다른 시에서도 나타난다.

찬 바람이 모질게도 쌩쌩 부는 날
헐벗은 나무들은 부들부들 떨고 새들은 마른 풀잎 사이
로 몸을 숨긴다

바람이 고엽을 쓸어내고 흙먼지를 공중으로 날릴 때
나는 집 안에 들어앉아 무기력하게 무표정한 눈으로 세
상을 내다본다

차가운 바람보다 더욱 칼날 같은 사람들 마음에 들어찬

냉기를 느끼며
  거기에 적응하지 못하는 자신의 어눌함을 책하며
  마주 서지 못하고 도망가려고 하는 비겁함에 질리며
  겨울 한낮은 차츰 기울어간다

  태양이 산마루를 넘어가며 빛을 잃고
  산이 감추어둔 어둠이 어느새 산을 넘어와 세상에 퍼지고
  어둠이 깐 정밀靜謐의 숨소리가 굴뚝 연기 따라 낮은 하
늘로 오르고

  이제는 저 처절한 생존의 다툼이 잦아들길 기대하니
  땅 위를 뒹구는 보잘것없는 낙엽에도 약간의 휴식을
다오
  어린 옛 시절 멀리서 들려오던, 아버지와 함께 듣던 기
차 바퀴 소리가 들린다

  숙인 머리 속에 별들이 박히고
  이곳이 어드메냐? 바람도 잦아지고 사물의 분간도 사라
졌는데
  나는 다만 엎드려 들릴 듯 말 듯한 그리운 소리를 찾아
귀를 기울인다

—「겨울 소리」 전문

　여기서 '찬 바람'은 고초가 많았음을 나타내는 상징이다. 시인은 그 찬 바람을 맞은 나무와 새와 '마른 풀잎'처럼 그 바람에 맞서지 못하고 "집 안에 들어앉아" 세상을 바라본다. "차가운 바람보다 더욱 칼날 같은 사람들 마음에 들어찬 냉기" 때문에 사람들과 자신의 사이에 거리감을 느끼고 그들로부터 자신을 격리시키며 겨울 한낮을 보낸다. (실제로 그는 세상의 권세에 굽히지 않았으며 세상에 아첨하여 출세하려 하지 않았다. 그런 관계로 남과 마음이 잘 맞지 않아 힘든 나날을 보낸 적이 있다.) 집은 내면과도 통하는 것으로 화자는 자신의 마음속으로 지금 그에게 일어난 일들을 반추하고 있다. 화자는 세상의 싸늘함에 적응하지 못하고 도망가려 하는 소극성을 자책한다. 그가 할 수 있는 일이란 "이 처절한 생존의 다툼"이 잦아들길 기대하는 것뿐이다. 그렇게 시간은 가서 저녁 굴뚝 연기가 낮은 하늘로 오르고, 별이 뜨고 사물의 분간도 어려워지는 어둠의 시간이 깊어지자 이육사의 「황혼」처럼 그는 외로운 존재에 대한 연민을 느끼며("땅 위를 뒹구는 보잘것없는 낙엽에도 약간의 휴식을 다오"), 어릴 적 아버지와 함께 듣던 기차 바퀴 소리에 귀를 기울이게 된다. 이 시에서는 낙엽이 자신의 연약한 모습과 등가를 이루는 사물로 등장한다.

세상에 대한 소외감은 자신의 마음을 더 외롭게 하지만 이를
통해 시인은 더욱 순수해질 수 있다. 시인의 의지와 관계없
이 던져진 상황은 그 출구를 찾게 되는 결과를 낳는다.

3. 자아와의 화해와 자연과의 합일

때 묻지 않은 유년으로 돌아가는 것은 현실에서 받은 상
처가 그만큼 크다는 방증이다. 어린 시절은 우리가 아무런
걱정 없이 뛰놀 수 있었던 시기이기 때문이다. 그런 점에서
시인의 과거 탐사는 현실과의 거리 두기의 한 방식이라 할
만하다.

　　상처 난 가슴 그대로 안고 살 수 없어
　　상처를 들여다보기로 한 어느 날
　　고향의 먼 모습이 꿈틀대었다

　　(중략)

　　이 길 저 길 돌고 돌아 선 오늘

메운 지 오래된,
못 위에 선 아파트 단지
추억은 깡그리 밟히고
시멘트 골목은 어지러이 나뒹군다

(중략)

기억의 빗장을 열고
조심스레 살핀다, 아직 아물지 않은 상처
과거를 향해 천천히 손 내민다
오래 죽어 있었던 고향
비로소 눈을 연다
―「고향」 부분

  상처 난 가슴이 궁극적으로 찾는 것은 어린 시절이며 어린 시절 뛰놀았던 고향이라는 공간이다. 화자가 이렇게 과거의 기억에 집착하는 것은 지나간 시간에 들어 있는 순수성과 천진성에 대한 그리움 때문이고 현재의 상황에서는 삶의 순수성을 지켜나가기가 어렵다고 본 때문이다. 그때 문득 "고향의 먼 모습이 꿈틀"댄다. 산업화로 인한 아파트 단지에 묻혀버렸다고 해도, 아무리 근대 문명이 뭉개고 지우려 해도 기억 속의 고향은 다 지울 수 없다. 화자는 기억의 빗장을 조심스레 연다. 그동안 고향은 개발로 인하여 "허우적거리는 성장통에 세상이 전부 노랬고 / 하늘과 땅은 삐거덕거리며 광대 춤을 추었다". "아물지 않은 상처"들이 아직 "과거를 향해 천천히 손 내민다". 넉넉한 품이 주는 아늑함, 세상의 의무와 간섭에서 벗어난 해방감으로 막다른 골목에 있을 때 본능적으로 떠오른 곳이 고향이지만, 시인에게는 그 고향마저도 자신을 안아주지 못하는 것이다. 난개발로 인하여 허우적댔던 고향은 자아에게도 엄청난 상처로 작용한다. 그래서 시인에게 고향의 젊은 시절은 낭만이 아니었다. 고뇌와 번민과 갈등의 시간을 거쳐 오늘에 이르렀다. 시인은 이중의 부담을 안게 된 것이다. 시인은 이제야 '그 시절의 아이'를 눈여겨볼 지점에 이르렀다.

　　푸른 하늘은 사라지고
　　미끄러운 돌이끼, 썩은 나무들의 축축함이
　　숨을 막는다

　　깜깜한 빈 구덩이
　　입을 벌리고
　　저항할 수 없이 빨려 들어가는 몸

속에 아이 하나가 보인다
탁한 수면 위 떠오른
해쓱한 얼굴

그 아이의 죽은 눈빛
멍하니 응시한다

쇠잔한 신음
구덩이 속 감돌아 나온다
귀가 먹먹하다

아이의 얼굴이 내 얼굴에 겹친다
─「과거로 난 길」 부분

　시인이 부끄러운 것은 "썩은 나무들의 축축함이 / 숨을
막는" 곳, "입을 벌리"는 빈 "구덩이 속"에 아이 하나가 보
이기 때문이다. 이 아이는 "내 마음을 스치는 바람들" "그것
들이 파헤치는 젊은 날의 상처"(「아무도 모르는」)이며 상처받
은 자아라고 할 수 있다. 내 속에 계속 성장하고 있었지만
거두어주지 못한 이 자아를 시인은 "홀로 숲 속 길 걸으면"
서 오늘에야 보듬을 수 있게 되었다. "아이의 얼굴이 내 얼

굴에 겹친다"라는 말을 통해 우리는 시인이 분열 상황을 겪고 있는 두 자아 간의 화해와 통합으로 가고자 함을 알아차릴 수 있다. 이제 자아는 스스로를 비운다. 비우고 비워서 더 버릴 것이 없는 자연의 하찮은 물상과 동화되려 한다.

나는 들꽃이고 싶다 봄에서 여름으로 지나며 산야에 지천으로 피는 들꽃이고 싶다 할미꽃, 민들레, 돌배꽃, 엉겅퀴, 애기똥풀, 인동초, 찔레꽃, 아카시아꽃…… 무엇이래도 좋다 들꽃으로 포삭한 땅을 밟으며 하늘과 구름에 안기고 싶다

들꽃 하나하나에 숨긴 누구에게도 말할 수 없었던 비밀, 홍조의 뺨에 오금 저린 일들, 괜한 일로 마음 졸였던 그 철없음, 모두 하얀 향기로 날아가고 어느새 꽃들로 눈부신 들판을 지나버렸다 찾을 수 없는 유년을 한탄하며 이제 멀리서 바라볼 뿐인 들판, 가슴에 불이 활활 붙는다

내 마음속 유년의 샘이 하나 생겼다 지친 주름살이 버거울 때 그 샘에 두레박을 던져 물을 길어 올린다 정갈한 물이 찰랑거린다 물 위에 들꽃이 떠 있다 꽃은 보석으로 반짝인다 들꽃에 맺힌 눈물이 반짝인다 나는 어느덧 들꽃

이 된다
　　―「들꽃」 전문

　"찾을 수 없는 유년"은 지나버렸지만, 자연의 신비로운 기운이 그의 마음과 몸을 투과한다. 그의 마음은 이제 한없이 화창하고 밝다. 세상의 욕망도 그 많은 이익과 권세도 버리고 "하늘과 구름"의 넉넉한 품에 안겨 "산야에 지천으로 피는" 들꽃이 되어, "누구에게도 말할 수 없었던 비밀"을 하얀 향기로 날린다. 시간이 되면 피웠다 거두어 가는 신의 섭리에 순종하며 살고 싶은 것이다. 이는 우주의 운행과 리듬에 자신을 맡기려는 태도이다. 들꽃은 산야에 지천으로 피는 꽃이면서 또한 저마다의 삶의 율동으로 이리저리 뿌리와 가지를 뻗고 살아간다. 활달하고 꾸밈없고 소박한, 온 우주의 기운과 소통하는 생태학적 삶을 이어간다. 시인은 그 기운을 받고 싶어 "가슴에 불이 활활 붙는다"고 한다. 더구나 시인은 "마음속 유년의 샘"을 하나 만들어 생의 지친 주름살을 펴려 한다. 그 샘은 자아의 품이 얼마나 넓어지고 맑아지고 깊어져야 만들 수 있는 것인가? 정갈한 물이 찰랑거리면 물 위에 떠 있는 들꽃은 보석으로 반짝거린다. 그 보석꽃이 바로 시인 자신의 자화상이 된다. 자신을 가장 맑고 빛나게 비추는 샘물을 만들고 가장 가볍고 빛나는 존재로 자신을 응축하고 싶어 한 것이다.

버린다는 것, 떠난다는 것, 그리하여 자연과 하나가 된다는 것은 우리가 진정 원하는 삶의 모습이면서도 누구나가 쉽게 선택하지는 못하는 길이기도 하다. 그것은 현실과의 부적응이며 패배를 의미할 수도 있다는 근심이 앞길을 막기 때문이다. 그러나 준비된 자는 주저 없이 그 길을 택한다. 세속의 행복과 불행, 자유와 구속을 맛본 자만이 남들이 쉽게 가지 않는 길에 들어설 수 있는 것이다.

신평 시인의 시를 읽으면서 "시는 곧 그 사람 자체다"라는 말이 줄곧 떠올랐다. 그래서 필자는 어렵지 않은 어구와 단정한 수사, 그리고 풍부한 여백을 가진 그의 시를 대하면서 그와 대화하고 있다는 느낌을 받았다. 그는 맑고 빼어난 지성과 순정성, 학자적 고고함을 가지고 있다. 그런 고결성이 세속과 멀리하는 지점을 거느리고 있음은 물론이다. 아울러 그는 가족을 무엇보다 소중하게 생각하는 어버이와 지아비로서의 자세를 견지한다. 그런 그의 성품이 세대론적 시각과 영원의식이라는 주제로 수렴되었다고 판단된다. 그가 삶과 죽음의 문제 곧 영원을 지향한다고 할 때 그것은 그의 아버지와 어머니, 그, 그리고 그의 자녀 간의 관계성으로 이어진 무한 반복과 순환의 법칙을 거느리고 있다. 아울러 그는 세상과 더불어 흔들리지 않는 자세를 가지는데, 이런 의식이 외화外華를 거두고 내실內實을 추구하기 위한 은일의 자세를 낳았다. 그 과정에서 그는 흔들리는 자아를 다독여 자아를 통합하고 마침내 자연과의 합일이라는 큰 물줄기에 도달하게 된다. 이런 시의 바탕은 하늘이 내려주신 착한 본성을 잃지 않으려는 그의 삶의 태도에서 나왔다고 필자는 판단한다.